À PROPOS DE L'AUTRICE

Nora Roberts est l'une des autrices les plus lues dans le monde, avec plus de 400 millions de livres vendus dans 34 pays. Elle a su comme nulle autre apporter au roman féminin une dimension nouvelle ; elle fascine par ses multiples facettes et s'appuie sur une extraordinaire vivacité d'écriture pour captiver ses lecteurs.

Nora Roberts

La passion d'Amanda

Nora Roberts

La passion d'Amanda

Traduction française de
MARIE MOREAU

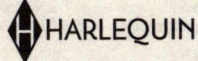

Titre original :
A MAN FOR AMANDA

Ce roman a déjà été publié en 2019

© 1991, Nora Roberts.
© 2019, 2023, HarperCollins France pour la traduction française.

Le visuel de couverture est reproduit avec l'autorisation de :

© TREVILLION IMAGES/ILDIKO NEER

Réalisation graphique couverture : L. SLAWIG (HarperCollins France)

Tous droits réservés.

HARPERCOLLINS FRANCE
83-85, boulevard Vincent-Auriol, 75646 PARIS CEDEX 13
Service Lectrices — Tél. : 01 45 82 47 47 - www.harlequin.fr
ISBN 978-2-2804-9591-2

Composé et édité par HarperCollins France.
Imprimé en juillet 2023 par CPI Black Print (Barcelone)
en utilisant 100 % d'électricité renouvelable.
Dépôt légal : août 2023.

MIXTE
Papier issu de
sources responsables
FSC® C159065

Pour limiter l'empreinte environnementale de ses livres, HarperCollins France s'engage à n'utiliser que
du papier fabriqué à partir de bois provenant de forêts gérées durablement et de manière responsable.

Prologue

Cet après-midi, je suis allée sur la falaise. C'est notre première journée aux Tours depuis dix longs mois, et il fait un temps superbe. Là-bas, j'ai entendu la mer gronder sous mes pieds ; au loin, un petit voilier faisait une tache blanche sur les flots saphir ourlés de nacre. Oui, tout est semblable à l'été dernier : la chaleur, le ciel sans nuages, le mouvement incessant des vagues et le bourdonnement des insectes.

Pour moi, cependant, rien n'est comme avant, puisqu'il a disparu.

J'aurais dû m'y attendre. Pour quelle raison aurait-il passé tout l'hiver dans l'île ? Néanmoins, j'espérais tant le revoir, assis devant son chevalet, face à la mer, armé de son pinceau, menant avec sa toile une bataille mystérieuse et épuisante. Une bataille dont il sortait toujours vainqueur ! Je voulais tellement qu'il tourne sa chère tête brune vers moi, et qu'il me regarde de ses yeux gris, à la fois si doux et si intenses... Qu'il prononce mon nom, avec ce léger accent irlandais, comme il l'avait fait durant tout l'été dernier.

Mon cœur palpite dans ma poitrine comme un oiseau affolé. Devant moi, l'horizon s'étend à l'infini. Dans mon dos, les tours grises du manoir se profilent sur l'azur avec arrogance.

N'est-ce pas étrange d'aimer autant cette maison qui abrite tous nos étés, alors que son propriétaire — mon mari, Fergus Calhoun — est l'être le plus froid, le plus dénué de compassion que je connaisse ?

Je suis Bianca Calhoun, mère de Colleen, Ethan et Sean. Une femme respectable, fidèle, une mère dévouée. J'ai fait un mariage de raison — organisé par les familles — et non d'amour, mais jamais je ne trahirai les vœux que j'ai prononcés devant Dieu. Oui, je suis Bianca Calhoun. Je n'ai ni le temps ni le droit de rêver à d'impossibles amours...

Et pourtant... Pourtant, je suis là et je l'attends. Christian a volé mon cœur, et n'est pas revenu. A-t-il quitté l'île de Mount Desert ? Est-il parti pour toujours, emportant avec lui ses toiles, ses pinceaux, et mon âme ? Peint-il déjà d'autres mers sous d'autres cieux ?

Ce serait encore le mieux. Depuis que je l'ai rencontré, ici, sur la falaise, l'été dernier, je ne pense qu'à lui. J'ai un mari que je respecte, à défaut de l'aimer, et trois enfants que j'adore. Je me dois d'être fidèle, ne serait-ce que pour eux.

Comment les trahirais-je pour le souvenir de quelque chose qui n'a même pas été? Et qui ne sera jamais?

Le soleil se couche lentement. A présent que je suis rentrée et me suis enfermée dans ma tour, j'écris ces quelques lignes dans mon journal, à la lumière orangée qui filtre par la fenêtre. Il faudra bientôt allumer les bougies. Dans quelques instants, je descendrai aider la nurse à coucher les enfants. Sean commence à marcher, Ethan parle bien pour ses trois ans et, à cinq ans, Colleen est déjà une petite fille très coquette.

C'est à eux que je dois penser, non à Christian. Nous allons passer une soirée tranquille en famille, probablement l'une des seules de l'été. Demain, nous sommes invités, et Fergus envisage de donner une réception la semaine prochaine. Il faut donc...

Mon Dieu! Il est là!

Il marche sur la falaise, je l'aperçois de ma fenêtre. Une ombre qui se profile contre le soleil couchant, qui se tourne vers ma tour. Malgré la distance, je jurerais qu'il m'a vue. Et qu'il a prononcé mon nom, à voix très basse.

1

Vlan ! Amanda Calhoun se heurta la tête contre un mur. Un torse puissant, aux muscles d'acier, vêtu de toile bleue. Elle perdit le souffle — et tous ses paquets en même temps. Stressée, pressée, énervée, de fort méchante humeur, elle entreprit de les ramasser sans même jeter un coup d'œil au propriétaire du torse.

L'idiot ! S'il avait au moins regardé où il allait ! C'était malin... Elle était déjà en retard, et il avait fallu qu'elle — non, qu'il — se mette en travers de sa route ! Elle se mordit la langue pour réprimer le flot d'insultes qu'elle destinait à cet individu. Pour l'instant, à genoux sur le trottoir, tout ce qu'elle voyait de lui, c'était une paire de bottes de cuir tanné, aux talons éculés.

Et une main large, solide, qui se tendait vers elle.

— Permettez-moi de vous aider...

La voix grave, à l'accent traînant, lui tapa aussitôt sur les nerfs. Elle rejeta d'une secousse de la tête sa mèche trop longue, qui l'empêchait de voir, avant de rattraper de justesse un paquet qui glissait dangereusement vers la rue.

— Inutile ! grommela-t-elle.

Depuis ce matin, Amanda était une véritable boule de nerfs, doublée d'une pile électrique. La journée avait été dévorée par le travail, les courses, les millions de choses à faire en vue du mariage. Et ce n'était pas un cow-boy aux bottes mal cirées et à l'accent western qui allait l'empêcher de rentrer — enfin ! — chez elle.

— Je peux me débrouiller toute seule.

Elle récupéra le dernier paquet. Lui aussi. Ils le tirèrent chacun de leur côté. Le résultat était inévitable : le contenu s'éparpilla un peu partout. De la lingerie ultraféminine.

— Comme c'est léger ! murmura l'étranger en examinant un bout de tissu rouge orné de dentelle.

Il avait déjà l'accent moins traînant, remarqua Amanda. D'un geste vif, elle lui reprit le petit bustier et le fourra dans l'un des autres sacs.

— Et alors ? lança-t-elle d'un ton hargneux.

— Oh ! mais c'est supermignon ! s'empressa-t-il d'ajouter, amusé.

Amanda rejeta ses mèches en arrière et leva les yeux pour voir celui qui osait commenter ainsi ses achats. Pour l'instant, elle n'avait rencontré que ses bottes. Encore agenouillé sur le trottoir, l'homme semblait immense. Carrure impressionnante, bras musclés, grandes mains… Large sourire, aussi, qu'elle aurait pu trouver sympathique en d'autres circonstances. Mais là, plaqué sur un visage qu'elle avait décidé de détester au premier coup d'œil, il était déplacé. Quant au reste des traits… Ils étaient plutôt étranges : des yeux gris-vert, très clairs, qui tranchaient sur une peau cuivrée, un nez droit, un peu fort, et des pommettes larges et saillantes. Une tête de guerrier sur un corps d'athlète. Le tout couronné d'une masse de cheveux blond-roux, bouclés et trop longs.

Oui, Amanda aurait pu le juger intéressant, s'il ne s'était pas trouvé sur son chemin au moment précis où il ne fallait pas.

— Je suis très pressée…

— J'ai remarqué.

Il la dévisagea, intrigué, et demanda :

— On vous a prévenue qu'il y avait le feu chez vous, ou quoi ?

Amanda se releva, le salua d'un bref hochement de tête.

— Excusez-moi…

— Non, attendez !

Il se leva à son tour. Elle tapait déjà le bout de son escarpin noir sur le ciment, impatiente de s'en aller, tandis qu'il dépliait son mètre quatre-vingt-cinq. Surprise, elle dut lever la tête pour soutenir son regard, alors qu'elle était habituée à se trouver au niveau de la plupart des hommes qu'elle connaissait.

— Pourquoi ?

— Je vais vous conduire. Ça ira plus vite pour éteindre ce fichu incendie...

Amanda arqua un sourcil, se donnant l'air sévère et glacé d'une lady de l'époque victorienne. Voilà que ce mufle avait le culot de se moquer d'elle, maintenant !

— Inutile, merci. Je n'ai besoin de personne.

— Moi, si, rétorqua-t-il. Je viens de débarquer, et vous pourriez peut-être m'aider. Je me sens un peu seul, dans cette ville.

— Adressez-vous à l'office du tourisme, conseilla Amanda d'un ton sec. Ou à la chambre de commerce.

Elle pivota, lui tourna le dos... et virevolta de nouveau lorsqu'une main s'abattit sur son poignet.

— Ecoutez, je ne sais pas quelles sont vos habitudes, dans l'Ouest sauvage..., commença-t-elle en tentant de dégager son bras.

— Oklahoma City, pour être précis.

— ... Mais ici, sur la côte Est, la police se fait une joie d'interpeller les voyous qui harcèlent les femmes dans la rue.

— Oh, vraiment ?

— Vraiment.

— Il va falloir que je me surveille, dans ce cas, car j'ai l'intention de rester ici un bon moment. Et je n'aime pas la solitude.

— Vous pouvez toujours coller des affiches avec votre numéro de téléphone dessus ! Et maintenant, laissez-moi partir.

— Bien sûr. Mais ce serait dommage d'oublier ceci.

Il lui tendit un slip minuscule, en dentelle noire, rebrodé de boutons de rose.

Amanda le lui arracha des mains, le mit en boule et le glissa dans la poche de sa veste bleu marine. Puis elle partit à vive allure.

— Ravi de vous avoir rencontrée ! lui lança-t-il.

Elle pressa encore le pas, comme si son rire narquois la poursuivait.

Une demi-heure plus tard, une pile de paquets dans les bras — elle tenait le dernier en équilibre sous son menton —, Amanda claqua la portière de sa voiture d'un coup de talon et s'avança vers le vieux perron en pierres grises, couvertes par endroit d'une mousse brunâtre.

Tous les tracas de la journée — y compris sa désagréable rencontre avec un cow-boy mal embouché — s'effacèrent comme par enchantement de son esprit à la vue des quatre tours qui se découpaient magistralement sur le ciel orangé. Après sa famille, le grand amour d'Amanda, c'était cet étrange manoir que l'on appelait familièrement Les Tours.

D'un coup d'épaule, elle ouvrit la porte au lourd cadenas jamais fermé, avant de se faufiler à l'intérieur de l'immense hall dallé de marbre noir et blanc.

Au-dessus de sa tête, le plancher se mit à vibrer.

— Tante Coco ! appela-t-elle.

Un glapissement lui répondit, et une masse noire s'élança dans l'escalier. Trois marches avant la fin, elle trébucha et atterrit en boule aux pieds d'Amanda.

— Tu y es presque arrivé, cette fois, Fred ! déclara-t-elle avec admiration.

Très content de lui, le chiot s'étira, se secoua, et se mit à sauter joyeusement tout autour de la jeune femme.

— Tante Coco !

— J'arrive...

Aussi grande que sa nièce — un mètre soixante-dix, au moins — mais beaucoup plus imposante, Cordelia Calhoun McPike apparut dans l'entrée. Elle portait un pantalon et un chemisier abricot, le tout protégé par un grand tablier blanc éclaboussé de sauce tomate.

— J'étais dans la cuisine, chérie. Nous allons goûter ma nouvelle recette : des cannellonis aux dix parfums.

— Catherine est rentrée ? demanda Amanda à voix basse.

— Oh, non...

Coco jeta un coup d'œil furtif au miroir de l'entrée, et fit bouffer ses cheveux. La veille, elle les avait fait teindre en blond platine.

— Elle est encore au garage. Un problème de soutanes, je crois.

— Soupapes, tante Coco.

— Si tu veux… Elle ne rentrera pas avant une bonne demi-heure.

— Parfait! Viens vite dans ma chambre que je te montre mes achats!

— Ma parole, on dirait que tu as dévalisé le centre commercial! Attends, laisse-moi t'aider…

Coco récupéra de justesse deux paquets qui menaçaient de dégringoler des bras de sa nièce, et elles montèrent toutes les deux à l'étage.

— Je me suis amusée comme une folle! déclara allégrement Amanda en pénétrant dans sa chambre.

— Je croyais que tu avais le shopping en horreur?

— Pas quand j'achète pour quelqu'un d'autre!

Avec un soupir de soulagement, elle se déchargea de ses colis sur le grand lit à baldaquin.

— Je me suis tellement dépêchée… J'avais peur que Catherine ne soit déjà là. Pour mon malheur, il a fallu que je tombe sur un énergumène échappé d'un western de série Z, qui m'a retardée de dix bonnes minutes. Non content d'avoir fait tomber tous mes paquets, il a eu le culot de me faire des propositions malhonnêtes.

— Oh…

Coco, qui avait toujours eu un goût prononcé pour les histoires d'amour — qu'elles fussent dans les livres ou dans la réalité —, dévisagea sa nièce, l'œil pétillant d'intérêt.

— Il était comment?

— Imagine Rambo en blond. Ou Tarzan en

jean, marmonna Amanda qui farfouillait dans les sacs en papier. Regarde !

Fièrement, elle déplia une chemise de nuit bleu pâle, très transparente.

— C'est nous qui allons faire la valise de Catherine pour sa lune de miel. Elle va avoir le choc de sa vie lorsqu'elle découvrira toute cette lingerie affriolante ! Oh, tante Coco...

Amanda s'assit sur le lit, l'air désolé.

— Ne recommence pas à pleurer, je t'en prie.

— Je ne peux pas m'en empêcher, murmura sa tante en reniflant.

Elle sortit de la poche de son tablier un mouchoir en batiste marqué à ses initiales, et se tamponna légèrement les yeux.

— Quand je pense que c'est la plus jeune de vous quatre. Mes quatre petites filles chéries... Vous n'étiez que des bébés lorsque vos parents ont disparu. Et maintenant, vous voilà bonnes à marier !

Ses sanglots redoublèrent d'intensité, avant de se calmer.

— Tu sais bien que j'adore Trenton...

Avec un sourire, elle pensa à son futur neveu.

— ... il est parfait pour Catherine, mais ce mariage est si précipité...

— Ne m'en parle pas ! soupira Amanda. C'est moi qui dois tout organiser. Comment veux-tu que j'y arrive ? Il ne nous reste que deux semaines !

Ils auraient mieux fait de s'enfuir en Ecosse ou à Las Vegas…

— Jamais de la vie !

Scandalisée, Coco se moucha un bon coup et fourra son mouchoir dans sa poche.

— Vous devez vous marier toutes les quatre ici ! Mets-toi bien cela en tête, car lorsque ce sera ton tour…

— Pouah ! fit Amanda d'un air dégoûté. Le mariage n'est même pas sur ma liste de priorités !

— Toi et tes listes ! soupira Coco, avant de se tourner vers sa nièce pour la regarder bien en face. Il y a au moins une chose que tu ne peux pas programmer, Amanda chérie. Le coup de foudre. Prends Catherine, par exemple : elle ne pensait certainement pas se marier cette année, et la voilà qui essaie sa robe blanche et son voile entre deux cours de mécanique ! Cela peut t'arriver au moment où tu t'y attends le moins. D'ailleurs, pas plus tard que ce matin, je lisais dans le marc de café que…

— Oh non ! Pas le marc de café, gémit Amanda.

Coco se redressa, indignée.

— Tu sais parfaitement que j'ai un don de voyance. Comment peux-tu le nier, après notre dernière séance ?

— Hum… C'est vrai. Il s'est peut-être passé quelque chose, après tout, concéda Amanda.

— Comment cela, « peut-être ? »

— Je voulais dire « sûrement », admit la jeune femme, tête basse.

Sa sœur Catherine avait ainsi eu une vision de leur arrière-grand-mère, Bianca. Et celle-ci portait son fameux collier d'émeraudes. Catherine avait pu décrire le célèbre bijou disparu depuis des décennies, en compter les pierres, et discerner tous les détails du fermoir. A vous donner des frissons dans le dos !

— Et vous avez toutes — je dis bien *toutes*, insista Coco en lançant un regard appuyé à sa nièce — eu l'impression d'une... présence dans la pièce. Le boudoir de la tour de Bianca.

Vaincue, Amanda hocha la tête.

— C'est vrai. Mais ne compte pas sur moi pour apprendre à lire l'avenir dans une boule de cristal !

— Ce que tu peux être terre à terre, ma chérie ! Je me demande de qui tu tiens... Probablement de tante Colleen. Non, Fred, on ne mange pas la dentelle ! poursuivit Coco sur le même ton en tirant sur le collier du chien, occupé à mâchouiller le dessus-de-lit. En ce qui concerne le marc de café...

Coco se redressa de toute sa taille.

— J'ai vu un homme, ce matin.

— Un homme au fond de ta tasse, vraiment ?

— Il est très proche de nous, ajouta Coco en ignorant l'ironie de sa nièce.

— C'est le plombier. Rappelle-toi qu'il y a des travaux dans l'une des caves depuis deux jours.

— Non. Il n'habite pas Mount Desert.

L'air mystérieux, Coco ferma à demi les paupières.

— En fait, il vient de loin. Il va jouer un rôle important dans notre vie. Particulièrement dans la tienne, ou dans celle de Lila.

— Je préférerais que ce soit dans la sienne, décida Amanda. D'ailleurs, où est-elle ?

— Elle avait rendez-vous avec quelqu'un, après son travail. Todd… Ou Rod…

— Ou Bob, suggéra Amanda en soupirant. Bon sang, elle m'avait promis de rentrer directement pour m'aider à trier ces maudits papiers ! Il va bien falloir que l'on trouve ces émeraudes un jour ou l'autre !

Avec un nouveau soupir, Amanda se leva, prit sa veste et la rangea dans son armoire.

— Nous les trouverons, mon chou. C'est ce que souhaite Bianca. Elle nous montrera le chemin à suivre, j'en suis sûre.

— Voyons, tante Coco… il nous faut un peu plus que des visions pour les découvrir.

Ce n'était pas l'argent qui motivait Amanda — même si le collier de Bianca Calhoun valait une fortune. Non, c'était sa volonté de mettre fin à la rumeur publique. Lorsque Trent, le fiancé de Catherine, avait offert de racheter Les Tours, la légende des émeraudes avait fait les gros titres de tous les journaux locaux. Bien entendu, l'histoire avait été amplifiée, enjolivée, modifiée par les journalistes… Cette publicité avait bouleversé leur vie de façon bien déplaisante, songea Amanda

tandis que Coco poussait des « Oh ! » et des
« Ah ! » devant chaque article de lingerie qu'elle
retirait des paquets.

Au début du siècle, le petit port de Bar Harbor
était considéré comme l'endroit à la mode pour
passer l'été. Fergus Calhoun y avait fait bâtir Les
Tours, une construction vaguement gothique,
le comble de l'élégance à l'époque. Perché au
sommet de la falaise, le manoir avait abrité les
étés de Fergus, de sa jeune femme Bianca et de
leurs trois enfants.

Un jour, au cours d'une promenade, Bianca
avait rencontré un jeune peintre. Cela avait été
le coup de foudre. Longtemps déchirée entre la
raison et son cœur, Bianca avait fini par céder à
ce dernier, et avait décidé de quitter Fergus et de
s'enfuir avec son amant. A en croire la légende,
elle devait emporter pour tout bagage un superbe
collier d'émeraudes que lui avait donné Fergus à la
naissance de son second enfant, et premier fils. Elle
l'avait d'ailleurs soigneusement caché à cette fin.

Au moment de partir, cependant, désespérée de
laisser ses enfants, certaine qu'elle ne les reverrait
jamais, incapable de rester avec Fergus et passionnément amoureuse de Christian, elle avait eu une
crise de folie. Ouvrant la fenêtre de son boudoir,
elle s'était jetée dans le vide. Fergus avait alors
sombré dans une profonde dépression, et on avait
dû l'enfermer dans un asile de peur qu'il n'attente
à ses jours ou à ceux de ses enfants.

Quatre-vingts ans plus tard, le mystère des émeraudes restait entier. On n'avait jamais retrouvé le collier. Les descendants du couple maudit avaient eu beau fouiller les quatre tours et rassembler tous les papiers possibles laissés par leurs aïeux, ils n'avaient pas découvert la moindre piste. Et depuis l'annonce de la restauration du manoir, ils étaient poursuivis par une meute de journalistes et d'amateurs de chasse au trésor. Bref, on les importunait quotidiennement.

C'est pourquoi Amanda avait décidé de retrouver le collier. Ainsi, il n'y aurait plus de trésor perdu et de mystère insoluble. La légende n'aurait plus de raison d'être. On les laisserait tranquilles... enfin !

— Quand Trent doit-il revenir ? demanda-t-elle à sa tante.

— Bientôt. Il ne supporte pas d'être séparé de Catherine. Il quittera Boston dès qu'il aura mis de l'ordre dans ses affaires. Et ensuite...

Des larmes brillèrent de nouveau dans les yeux sombres de Coco.

— Oh non, ne recommence pas, tante Coco ! Songe plutôt à la réception... et au travail fou qui t'attend. Tu vas enfin montrer de quoi tu es capable à tous ces gens. Ce sera un excellent entraînement pour ta nouvelle carrière. Pense un peu : dans un an exactement, tu dirigeras les cuisines de l'hôtel des Tours ! Le fleuron de la chaîne St. James.

— C'est vrai, acquiesça Coco dans un souffle.

Trois coups frappés à la porte d'entrée, au rez-de-chaussée, firent bondir Fred.

— Reste ici et imagine ton avenir, tante Coco ! lança Amanda. Pendant ce temps, je vais ouvrir.

Elle fit la course avec le chien dans l'escalier, ses talons aiguilles martelant le chêne tandis que les griffes du chien dérapaient sur les marches cirées. Il finit par s'emmêler les pattes, comme toujours, et termina sa descente tant bien que mal. En riant, Amanda le prit par le collier et ouvrit la porte.

Son rire s'étrangla dans sa gorge quand elle découvrit à qui elle avait affaire.

— Oh ! C'est vous !

— Le monde est vraiment petit, dit la voix traînante. Et il est plein d'agréables surprises.

— Vous… vous m'avez suivie ! s'exclama Amanda d'un ton accusateur.

— Non, mais j'aurais dû le faire. Je m'appelle Sloan O'Riley.

— Je me fiche de votre nom. Retournez-vous et marchez… le plus loin possible !

Comme elle tentait de lui fermer la porte au nez, il la maintint largement ouverte. D'une seule main.

— Ce serait dommage. J'ai fait un sacré bout de chemin pour visiter cette vieille bâtisse.

Amanda aurait voulu le gifler. Ses yeux bleus lancèrent des éclairs.

— Eh bien, tant pis pour vous ! Figurez-vous que nous sommes chez nous, ici. Vous avez dû lire mille sornettes dans les journaux et vous

vous êtes mis en tête de fouiller la maison pour découvrir le collier ! Ce n'est pas l'île au Trésor, ici, monsieur le cow-boy ! J'en ai par-dessus la tête de vous voir tous débarquer à n'importe quelle heure du jour ou de la nuit, armés d'une pelle et d'une lampe de poche !

« Elle est superbe ! songea Sloan en attendant posément que la jeune femme en ait fini. Un corps impétueux, un regard plein de colère, un front têtu, un menton volontaire, et une bouche… une bouche sûrement très douce lorsqu'elle cesse de débiter des choses désagréables ! »

— Terminé ? demanda-t-il, narquois, au moment où Amanda reprenait son souffle.

— Non ! Et si vous ne décampez pas sur-le-champ, je lâche mon chien !

Comme s'il n'avait attendu que ce moment pour entrer en scène, Fred aboya, le poil hérissé.

— Il a vraiment l'air féroce, remarqua Sloan.

Il se pencha vers l'animal, tendit la main vers sa truffe, le laissa flairer un moment. Fred secoua la tête, puis remua joyeusement la queue.

— Très féroce, répéta Sloan en le grattant entre les oreilles.

Amanda se campa devant lui, les mains sur les hanches.

— Je vais prendre un fusil.

— Amanda ? Qui est-ce ? demanda Coco, qui descendait les dernières marches de l'escalier.

— Un futur cadavre ! lui annonça sa nièce d'un ton sec.

— Pardon ? Oh... Bonsoir, monsieur.

Aussitôt, Coco fit bouffer ses cheveux. Puis, les cils papillonnants et la bouche en cœur, elle tendit la main à Sloan en susurrant :

— Je suis Cordelia McPike.

— Enchanté.

Sloan lui décocha un sourire charmeur, prit la main fine qu'elle lui tendait et la porta à ses lèvres.

— Je disais justement à votre sœur...

— Ma sœur !

Coco eut un rire ravi.

— Amanda est ma nièce. La troisième fille de mon frère. Naturellement, mon frère était beaucoup plus âgé que moi.

— Tante Coco, c'est ce type qui a fait tomber tous mes paquets dans la rue, cet après-midi, intervint Amanda. Il m'a suivie jusqu'ici. Il veut forcer notre porte pour faire sa petite chasse au trésor !

— Amanda chérie, ne sois pas si abrupte, voyons.

— C'est pourtant une semi-vérité, intervint Sloan. Votre nièce et moi nous nous sommes rencontrés un peu... brutalement, tout à l'heure. Et j'aimerais beaucoup visiter votre maison.

— Je vois, dit lentement Coco.

Un peu déçue, elle soupira.

— Je suis vraiment désolée mais, dans ce cas,

je ne peux pas vous faire entrer. Vous comprenez, nous sommes tellement occupés par ce mariage…

Sloan lança un regard perçant à Amanda.

— Vous allez vous marier ?

— Pas moi. Ma sœur. Mais cela ne vous regarde pas, et nous avons des millions de choses à faire, ce soir. Si vous voulez bien…

— … partir, acheva Sloan avec amusement. Tout de suite. Je vous prie simplement de bien vouloir prévenir Trent que Sloan O'Riley est en ville.

— O'Riley ? répéta Coco.

Elle le dévisagea un instant, la bouche ouverte.

— Vous êtes M. O'Riley ? Oh, mon Dieu, je suis absolument désolée de vous avoir reçu ainsi ! Entrez, je vous en prie !

— Mais, tante Coco…

— Amanda, c'est M. O'Riley !

— J'ai bien entendu. Pourquoi le fais-tu entrer ?

— Mais enfin, Amanda, c'est l'ami de Trent ! Il a appelé ce matin pour nous prévenir, tu ne t'en souviens pas ?

Coco passa nerveusement la main dans ses mèches platine avant de conclure, dépitée :

— Non, évidemment, tu ne peux pas t'en souvenir, puisque je ne t'en ai pas parlé. Quelle affreuse réception nous vous avons réservée ! s'exclama-t-elle en portant les mains à ses joues roses de confusion. J'espère que vous nous pardonnerez…

— Voyons, chère madame, tout le monde a le droit de faire une petite erreur de temps en temps !

— Tante Coco, intervint Amanda.

Elle avait toujours la main sur la poignée de la porte d'entrée, prête à mettre l'étranger dehors.

— Peux-tu m'expliquer ce que t'a dit Trent, exactement, à propos de ce monsieur ?

— M. O'Riley est l'architecte que nous attendions, ma chérie.

Tandis que Coco lui adressait un sourire radieux, sa nièce inspecta Sloan du bout de ses bottes mal cirées jusqu'aux boucles de sa crinière trop longue.

— Un architecte ? demanda-t-elle avec une moue dédaigneuse.

— Mais oui… C'est lui qui va s'occuper de la rénovation de la tour ouest. Et ensuite, de nos appartements privés. Nous allons travailler tous ensemble sur le projet, et M. O'Riley…

— Sloan, interrompit l'intéressé d'une voix douce.

— Sloan, répéta Coco, tout sourire. Dans ce cas, appelez-moi Coco, puisque nous allons nous voir tous les jours, maintenant…

— Génial ! grommela Amanda en fermant la porte d'entrée d'un coup sec.

Sloan glissa ses pouces dans les poches de son jean et lui dédia son sourire le plus sexy pour murmurer :

— Exactement ce que je pense.

2

— Entrez, entrez, je vous en prie… Que puis-je vous offrir ? Du café, du thé ?

— Plutôt une canette de bière, ironisa Amanda.

Sloan acquiesça d'un hochement de tête.

— Ce sera parfait.

— De la bière, alors ? dit Coco en faisant pénétrer son invité dans le salon.

Elle s'essuya nerveusement les mains sur son tablier. Dommage qu'elle n'ait pas eu le temps de secouer les coussins du canapé ce matin ! Et les fleurs ? Elle ne les avait même pas changées !

— Je vais vous en chercher tout de suite. Amanda va vous tenir compagnie, ajouta-t-elle avant de s'éclipser.

— Asseyez-vous.

La jeune femme désigna un fauteuil, puis se laissa tomber dans un vieux Chesterfield au cuir tanné par les ans.

— Je suppose que je vous dois des excuses, commença-t-elle.

Sloan caressa la tête de Fred qui, apparemment

conquis, avait fermé les yeux et arborait une expression extasiée.

— Pourquoi?

— Si j'avais su que Trent vous avait demandé de venir, je ne me serais pas montrée aussi désagréable.

— Vraiment?

Il se cala contre son dossier, Fred allongé à ses pieds, et dévisagea son hôtesse en silence.

Des anges passèrent. Toute une colonie.

Amanda s'éclaircit la voix. Etant dans son tort, elle décida d'appliquer une stratégie bien féminine : l'attaque.

— Vous auriez pu me le dire, lorsque vous vous êtes présenté.

— Sûrement, déclara Sloan d'un ton placide. Qu'est-ce que c'est que ces émeraudes que vous m'avez accusé de vouloir chercher?

— Oh! c'est le collier des Calhoun! Il appartenait à mon arrière-grand-mère. L'histoire était dans tous les journaux locaux, cet été.

— Je viens de passer deux mois à Budapest.

Il sortit un long cigare de sa poche.

— La fumée vous dérange?

— Non.

Tandis qu'elle se levait pour chercher un cendrier, Sloan suivit son hôtesse des yeux. Il adorait sa façon de marcher, son allure rapide, directe, qui signifiait clairement : « Otez-vous de mon chemin! »

Il gratta une allumette, tira sur son cigare par petites bouffées. Puis il balaya la pièce d'un regard paisible. Son cerveau enregistrait les moindres détails : les rideaux défraîchis de soie très lourde, le lustre ancien, les superbes boiseries, la peinture craquelée par endroits, les ravissants petits bronzes disposés sur une console…

— Trent m'a téléphoné là-bas en me demandant de m'occuper de la rénovation des Tours dès la fin de ma mission.

— Et vous avez accepté sans même voir la propriété ?

— J'avais justement envie d'aller sur la côte Est, répondit Sloan en haussant les épaules.

« Elle a des yeux magnifiques, songea-t-il. Froids et soupçonneux, mais d'un bleu céleste. » Il se demandait s'il arriverait jamais à lui arracher un sourire.

— Et Trent me connaît. Il ne m'aurait jamais proposé ce travail s'il n'avait pas pensé qu'il me plairait. J'ai toute confiance en lui.

Amanda tapait machinalement le bout de son escarpin sur le plancher. Un tic qui indiquait que les choses n'avançaient pas assez vite à son gré.

— Vous le connaissez depuis longtemps ? demanda-t-elle.

— Quelques années. Nous étions ensemble à Harvard.

— Harvard ?

Sa voix s'était étranglée tandis que son pied s'immobilisait, la pointe en l'air.

— Vous avez étudié à Harvard ?

Tout autre aurait pu se sentir insulté devant l'air stupéfait de la jeune femme. Sa réaction ne fit qu'amuser Sloan.

— Oui, oui. Ils acceptent même les cow-boys, là-bas, dit-il en exagérant son accent traînant.

Lorsqu'il la vit rougir, son sourire s'élargit.

— Je ne voulais pas vous vexer, bredouilla-t-elle. C'est juste que…

— Je n'ai pas l'air assez yuppie ?

Les yeux mi-clos, il souffla lentement un rond de fumée.

— Il ne faut pas se fier aux apparences, Amanda. Votre maison en est la preuve.

— Comment cela, ma maison ?

— Lorsqu'on la voit de l'extérieur, on se demande si c'est une forteresse, un château, ou bien le cauchemar d'un architecte bon pour l'asile. Si on la regarde plus en détail, on se rend compte qu'elle a une personnalité bien à elle : solide, arrogante, élégante, avec un charme très particulier.

Il se pencha vers elle et acheva, sur le ton de la confidence :

— J'ai tendance à croire que les maisons reflètent la personnalité de leurs propriétaires. Qu'en pensez-vous ?

Amanda n'eut pas le temps de répondre. Sloan s'était levé d'un bond en voyant Coco entrer dans le salon, un plateau dans les mains.

— Asseyez-vous, je vous en prie. Nous sommes

tellement contentes de voir un homme, dans cette maison. N'est-ce pas, Amanda ?

— J'en suis toute retournée, ironisa celle-ci.

— Voici votre bière. Elle est brune. J'espère que vous aimez ?

— J'adore les brunes, assura Sloan en plongeant les yeux dans ceux d'Amanda.

Ce fut elle qui détourna le regard la première.

Tout agitée, Coco passa une assiette pleine de biscuits salés et de petites saucisses chaudes.

— Servez-vous… Amanda et moi, nous allons prendre du porto. Est-ce que ma nièce vous a raconté l'histoire de cette maison ? demanda-t-elle en décochant un sourire radieux à son visiteur.

— Pas encore. Trent m'a simplement indiqué qu'elle appartient à votre famille depuis le début du siècle.

— Oh oui… Si l'on compte les enfants de ma nièce Suzanna, cela fera la cinquième génération de Calhoun. Fergus…

Du menton, elle désigna le portrait d'un homme au visage froid, animé d'un regard un brin cynique.

— … avait fait construire Les Tours en 1904. C'était sa résidence d'été. Il y habitait avec sa femme Bianca et leurs trois enfants. Bianca s'est jetée par la fenêtre de la tour un soir de septembre…

Coco soupira longuement, comme chaque fois qu'elle évoquait la possibilité de mourir d'amour.

— Après ce suicide, mon grand-père a perdu peu à peu la raison.

— Tante Coco, je suis sûre que nos petits problèmes familiaux n'ont aucun intérêt pour M. O'Riley.

— Sloan, lui rappela celui-ci avec un sourire, avant de se tourner vers Coco. Votre histoire ne m'intéresse pas, elle me fascine. Continuez, je vous en prie…

Coco tapota ses cheveux du bout de ses ongles soigneusement manucurés.

— La maison est passée aux mains de mon père, Ethan. C'était leur second enfant, mais leur premier fils — et grand-père prenait la lignée des Calhoun très au sérieux. Evidemment, la sœur aînée d'Ethan, Colleen, n'a pas apprécié de voir la maison lui passer sous le nez. Elle s'est brouillée avec nous et ne nous parle guère.

— Ce dont nous lui sommes très reconnaissantes ! intervint Amanda.

— Disons qu'elle n'est pas très facile, admit Coco. Le jeune frère de mon père, oncle Sean, a eu des problèmes. Une histoire avec une femme qui s'est mal terminée, je crois… Il est parti pour les Indes et y est resté. A la mort de mon père, c'est mon frère Judson qui a hérité des Tours. Avec sa femme, Deliah, il avait décidé de rénover toute la maison. Il l'adorait. Malheureusement, ils sont morts tous les deux dans un accident d'avion, laissant quatre petites orphelines. J'étais moi-même veuve, et je me suis installée ici pour élever Amanda et ses sœurs, conclut Coco avec un petit soupir.

Reprenant son ton mondain, elle demanda :

— Désirez-vous une autre bière, Sloan ?

— Non, merci. Puis-je vous demander pour quelle raison vous avez décidé de transformer la maison en hôtel ?

— C'est Trenton qui nous en a donné l'idée. Et nous lui en saurons gré toute notre vie, n'est-ce pas, Amanda ?

— Absolument, répondit la jeune femme avec résignation.

Par expérience, elle savait qu'à certains moments il était impossible de contredire sa tante.

Satisfaite, celle-ci hocha la tête et but son porto à petites gorgées, avant d'ajouter :

— En fait, nous avons quelques difficultés financières. L'entretien de la maison est très lourd. Croyez-vous au destin, Sloan ? demanda-t-elle à brûle-pourpoint.

Il eut un demi-sourire.

— Ma mère est irlandaise, mon père a du sang indien cherokee. Avec un pareil héritage, comment voulez-vous que je fasse autrement ?

Coco sourit, ravie.

— Dans ce cas, vous allez comprendre… C'est le destin qui a soufflé à M. St. James, fondateur de la chaîne d'hôtels du même nom, de faire le tour de l'île de Mount Desert en voilier, l'été dernier. Il a aperçu Les Tours et en est tombé amoureux sur-le-champ. Lorsqu'il nous a offert d'acheter la maison à un très bon prix, nous n'avons vraiment pas su quoi faire. Nous avions toute la toiture à réparer, la façade extérieure se lézardait... Bref, la tentation d'accepter était forte. D'un autre côté, c'est là que nous habitons...

— Je comprends.

— Et puis, le destin a encore frappé ! poursuivit Coco, radieuse. Nous étions sur le point de vendre lorsque le fils de M. St. James — Trenton — est venu nous voir, il y a deux mois. Il a eu le coup de foudre pour Catherine. C'est tellement romantique ! Ils se marient dans quinze jours.

Emue, Coco s'interrompit pour tamponner délicatement ses yeux avec son mouchoir brodé.

— Trent a tout de suite compris l'attachement de Catherine à cette maison, ainsi que le dilemme qui était le nôtre. Il a proposé de racheter uniquement la tour ouest et de la transformer en une série de suites de grand luxe. Ainsi, nous gardons notre foyer et nous pouvons faire toutes les réparations nécessaires. N'est-ce pas merveilleux ?

— C'est magnifique, affirma Sloan. Tout le monde y trouve son compte ! Trenton est très astucieux.

Coco hocha la tête et se pencha vers son interlocuteur, l'œil brillant.

— Puisque vous croyez au destin, Sloan... vous croyez sans doute aussi aux fantômes ?

— Tante Coco !

— Amanda chérie, je connais ton tempérament pragmatique et je sais que tu détestes que l'on en parle. C'est incroyable, poursuivit-elle en prenant Sloan à témoin. Malgré ses origines celtes, elle n'a pas la moindre fibre psychique !

— Je laisse ce genre de croyances à Lila ! s'exclama Amanda avec un petit rire.

— Mon autre nièce, expliqua Coco. Elle a un don de clairvoyance. Mais revenons à vous. Que pensez-vous du monde surnaturel ?

Sloan reposa son verre.

— Dans ce genre de maison, il y a toujours un ou deux fantômes qui se baladent.

— Exactement ! s'écria Coco, enthousiaste. Tu vois, Mandy chérie ? Dès que j'ai aperçu Sloan, j'ai su que nous avions des points communs.

De nouveau, elle se tourna vers le jeune homme.

— Bianca hante toujours les lieux, vous savez. A notre dernière séance de spiritisme, elle nous est apparue…

Elle fit signe à Amanda qui ouvrait la bouche, l'air indigné, de ne pas l'interrompre.

— D'ailleurs Catherine, qui est presque aussi incrédule qu'Amanda, l'a vue elle-même. Bianca nous a demandé de chercher le collier.

— Les émeraudes ? demanda Sloan.

— Oui, acquiesça Coco d'un ton solennel. Nous n'avons cessé d'étudier les papiers de famille dans l'espoir de découvrir une indication concernant l'endroit où Bianca l'avait caché, mais en vain.

— Nous le trouverons peut-être au cours des travaux, suggéra-t-il.

— Espérons-le.

Elle dévisagea Sloan d'un air pensif.

— Nous devrions tenter une autre séance. Après tout, vous êtes peut-être médium, vous aussi.

Amanda s'étrangla dans son verre de porto.

— Tante Coco ! M. O'Riley est venu pour effectuer des travaux, pas pour faire tourner les tables !

— J'adore mélanger le plaisir et les affaires, rétorqua gaiement l'intéressé.

Coco eut une inspiration soudaine.

— Dites-moi, Sloan... Je suppose que vous n'êtes pas d'ici ?

— Non. Je suis né dans l'Oklahoma.

— Vraiment ? Mais c'est très loin.

Le regard que Coco lança à sa nièce signifiait : « Tu vois ? Je te l'avais annoncé tout à l'heure ! »

— Bien entendu, reprit-elle en revenant à Sloan, puisque c'est vous qui mènerez les travaux de restauration, vous allez jouer un rôle important ici.

— Je l'espère.

Brusquement, Coco se leva.

— Le marc de café, souffla-t-elle à Amanda, avant d'expliquer à Sloan, un gracieux sourire aux lèvres : Je vais préparer le dîner. Voulez-vous vous joindre à nous, ce soir ?

Sloan hésita une fraction de seconde. Il avait prévu de se livrer à une visite rapide des lieux, puis de rentrer à l'hôtel et de dormir dix heures. L'air crispé d'Amanda le fit changer d'avis. Une soirée en sa compagnie serait nettement moins reposante, mais mille fois plus passionnante !

— J'en serais ravi.

— Parfait ! Amanda, si tu montrais à Sloan la tour ouest, pendant que je suis dans la cuisine ?

Intrigué, Sloan attendit qu'elle ait disparu pour demander :

— Le marc de café ?

— Ne comptez pas sur moi pour vous parler de ce genre de fadaises ! lui répondit Amanda d'un ton sec.

Elle esquissa un geste vers la porte.

— Vous êtes prêt pour la visite ?

— Tout à fait.

Il la suivit vers le double escalier qui s'élevait en parallèle jusqu'au premier étage, puis se séparait pour desservir les tours est et ouest.

— J'ai entendu votre tante vous appeler Mandy. Que préférez-vous ? Amanda ou Mandy ?

— Je réponds aux deux.

— Pour moi, ces noms sont porteurs d'images différentes, remarqua Sloan d'une voix douce. Amanda est une femme vive, sûre d'elle-même, un peu raide. Mandy est plus… douce.

Amanda s'arrêta sur le palier et lui fit face.

— Et pour Sloan ? Quelle image doit-on associer à ce prénom ?

Il s'arrêta juste une marche au-dessous. Ainsi,

leurs yeux se trouvaient exactement au même niveau.

— C'est à vous de me le dire !

Il avait le sourire le plus suffisant, le plus satisfait de lui qu'Amanda ait jamais vu. Et chaque fois qu'il lui souriait ainsi, elle sentait tout son corps vibrer.

« D'agacement, bien sûr », décida-t-elle.

— Hum ! Difficile de deviner… C'est que nous n'avons pas l'habitude des cow-boys, sur la côte Est !

Comme Amanda pivotait et se dirigeait vers une lourde porte de chêne massif, Sloan la rattrapa et lui prit le bras.

— Vous êtes toujours aussi pressée ?

— Je déteste perdre du temps.

Il lui pressa légèrement le coude tout en marchant à son côté.

— Je saurai m'en souvenir.

Quand il pénétra dans la première suite de pièces en enfilade, Sloan découvrit avec enthousiasme un endroit grandiose. Comment ne pas être impressionné par les plafonds à caissons, les cheminées de marbre, les boiseries et les parquets de chêne, les fenêtres en vitraux ? Bien sûr, les peintures étaient fanées et, dans certains murs, les lézardes avaient la largeur d'un doigt ; le parquet s'affaissait par endroits, et les moulures de plâtre étaient presque toutes moisies. Mais ce n'était rien en regard du charme et de l'élégance qui se dégageaient des proportions harmonieuses. Ce serait un vrai bonheur — en même temps qu'une prouesse technique — de restaurer la tour et de lui faire recouvrer sa splendeur passée, tout en y intégrant les accessoires indispensables au confort moderne. Trent avait prévu d'y installer une dizaine de suites ultraluxueuses pour une clientèle habituée aux meilleurs palaces.

— Cette tour n'a pas été habitée depuis des années, indiqua Amanda quand ils atteignirent le palier du second étage.

Elle passa un doigt sur l'une des boiseries et constata avec dégoût l'épaisseur de la couche de poussière.

— Il était impossible de la chauffer durant l'hiver. Toute l'isolation thermique est à refaire, expliqua-t-elle en ouvrant la porte de ce qui avait dû être autrefois une vaste chambre à coucher. Sans parler du reste...

Le reste ? Sloan s'arrêta au milieu de la pièce. Le « reste », ainsi que le disait si évasivement Amanda, impliquait un parquet plus que vermoulu, des vitres manquantes et remplacées par des panneaux en contreplaqué, des plaques de moisissure au plafond, des fresques mangées par l'humidité, et des trous de souris un peu partout dans les boiseries.

Il s'approcha de la cheminée en marbre noir, fracturée en plusieurs endroits.

— On devrait vous chasser d'ici ! déclara-t-il, l'œil sombre.

— Pardon ?

— On n'a pas le droit de laisser se dégrader ainsi de pareilles merveilles.

Sa voix tremblait de colère. Confuse, Amanda regarda la cheminée abîmée qu'il était en train d'examiner.

— Ce n'est pas moi qui l'ai cassée, murmura-t-elle, comme une petite fille prise en faute.

Sloan l'ignora et désigna d'un geste large la pièce.

— Regardez ces murs ! Toutes ces fresques, ces moulures, ces chérubins joufflus… Comment osez-vous les laisser dans un état pareil ? Cette pièce n'a pas été entretenue depuis la Première Guerre mondiale !

S'approchant d'une petite porte, sur le côté, il l'ouvrit avec un long grincement.

— Et cette salle de bains ? demanda-t-il en balayant du dos de la main quelques toiles d'arai-gnées. Le carrelage est entièrement peint à la main… Regardez ce qu'il en reste ! C'est scandaleux !

— Je ne vois pas…

— Enfin, Amanda, il faudrait être aveugle pour ne pas se rendre compte que cette maison contient des trésors ! Votre ancêtre avait un goût parfait, il a su choisir les meilleurs artistes de la région et a réussi un véritable chef-d'œuvre ! Et vous, vous l'avez laissé pourrir comme un vulgaire bâtiment de ferme dont on ne se sert plus !

— C'est faux ! Cette maison est peut-être un monument pour vous, mais pour moi, c'est un foyer. Nous nous sommes privées de vacances depuis cinq ans pour entretenir la toiture et le bâtiment principal dans lequel nous vivons. Mais cela vous est probablement égal ! De toute façon, ajouta Amanda, l'œil dangereusement sombre et la voix glaciale, vous avez été engagé pour rénover la tour, et non pour nous faire la morale !

— Eh bien, vous avez les deux pour le même prix, rétorqua Sloan d'un ton paisible.

Comme il avançait la main vers elle, Amanda recula aussitôt.

— Que faites-vous ?

— Du calme, ma belle ! Je veux simplement enlever la petite araignée qui vous grimpe sur l'épaule...

— Je peux m'en charger toute seule, dit-elle d'un ton sec.

Elle chassa l'insecte du revers de la main.

— Et ne m'appelez pas « ma belle ». J'ai horreur de cela.

— Wow ! Vous êtes encore plus sauvage que la dernière pouliche que j'ai domptée !

Un éclair de colère zébra le regard bleu d'Amanda.

— Je vous saurais gré de garder vos comparaisons pour vous.

— Vous avez raison, murmura Sloan en s'inclinant de bonne grâce, avant de changer brusquement de sujet. Nous continuons la visite ?

Amanda haussa les épaules.

— A quoi cela vous servira-t-il ? Vous n'avez même pas de quoi prendre des notes !

— Il y a des choses que je ne suis pas près d'oublier, croyez-moi.

Il la dévisagea tout à loisir, s'attarda sur sa bouche, revint à ses yeux.

— J'ai l'habitude de faire un tour d'horizon avant de m'occuper plus à fond des détails, murmura-t-il.

Elle rejeta les épaules en arrière, secoua son épaisse chevelure, avant de le toiser avec défi.

— Vous voulez que je vous fasse un dessin ? Je veux dire un plan, bien entendu, précisa-t-elle d'un ton narquois.

Sloan sourit et lui prit le bras.

— Inutile. Tout est gravé dans ma mémoire. Venez, montrez-moi donc le reste de l'aile.

La suite de la visite se fit au pas de charge. Mais Amanda avait beau faire pour garder une certaine distance, elle ne cessait de se heurter à lui. Comme par hasard, il lui barrait le passage, la coinçait contre une porte, la bloquait dans un angle — bref, il était constamment sur son chemin et semblait s'amuser prodigieusement.

Ils venaient de pénétrer dans la dernière pièce de la tour lorsqu'ils se retrouvèrent nez à nez. Le cœur battant à se rompre et les nerfs à fleur de peau, Amanda fit un saut en arrière. Ce petit jeu commençait à l'agacer. Et sérieusement !

Elle alla se réfugier vers la fenêtre du fond, qui donnait sur le port. La simple présence physique de Sloan avait un curieux effet sur elle. Tout son corps y réagissait avec une certaine violence, à laquelle Amanda — toujours si calme, si pleine de sang-froid — n'était absolument pas habituée. Il la déroutait complètement. A quoi attribuer ce malaise ? A sa voix grave et traînante, à son sourire un brin suffisant, ou à son regard hardi, insistant ?

— Trenton a l'intention de transformer cette pièce en une sorte de bar-salle à manger, expliqua Amanda. Les clients pourraient venir prendre un verre avant le dîner, ou bien une légère collation. En élargissant les fenêtres, ils bénéficieront d'une vue superbe sur la baie.

Tout en parlant, elle se tourna vers Sloan. Un rayon orangé vint alors jouer dans ses cheveux auburn et nimber son visage. Bouche bée, le cerveau en panne sèche, Sloan la dévisageait.

— Hum... Vous vous sentez bien ? finit-elle par lui demander.

Un peu nerveuse, Amanda se demanda si grand-maman Bianca n'était pas en train de faire des siennes. Il l'avait peut-être aperçue et n'osait pas en parler...

Sans la quitter des yeux, il s'avança d'un pas.

— Vous êtes une vraie beauté, Amanda, murmura-t-il enfin.

Elle recula. En général, les compliments ne lui déplaisaient pas. Mais cet homme n'avait pas l'air dans son état normal. Et cette lueur

sombre, qu'il avait dans le regard, l'inquiétait
plus qu'autre chose.

— Si vous avez des questions à m... me poser
au sujet de la t... tour, bredouilla-t-elle.

— Je vous ai fait un compliment, insista Sloan,
qui la fixait toujours.

— Ah. Oui... Merci.

Amanda recula encore. Et elle balaya la pièce du
regard en espérant découvrir une façon élégante
de se retirer au plus vite.

— Je pense que... Oh !

Elle se sentit brusquement happée par un bras
musclé et serrée contre un torse solide.

— A quoi jouez-vous ?

— Je vous empêche de faire le même saut que
cette pauvre Bianca, murmura Sloan contre sa
bouche. Encore un pas, et vous tombiez dans le
vide ! Cette fenêtre est complètement pourrie,
elle n'aurait pas offert la moindre résistance.

Amanda tenta de se dégager, mais il la maintint
avec fermeté contre lui.

— Vous êtes exactement du calibre qu'il me
faut, murmura-t-il avant de respirer avec délices
les cheveux de la jeune femme. Mmm... on
dirait de la soie... Même avec tous ces épis et ces
toiles d'araignées ! Franchement, Calhoun, vous
pourriez me remercier au lieu de vous débattre
comme un poisson dans un filet ! Je crois bien
que je vous ai sauvé la vie.

Malgré l'affolement de son cœur et de ses sens,

Amanda se raidit. Elle n'allait quand même pas se laisser intimider par un cow-boy très suffisant !

— Lâchez-moi tout de suite, ou bien il va y avoir du grabuge ! grommela-t-elle.

Enchanté par sa réaction, Sloan rit de plus belle. Décidément, elle le tentait de plus en plus. Il chercha instinctivement sa bouche, prêt à lui voler le plus délicieux des baisers, se pencha... et se retrouva à deux mètres, à plat ventre sur le parquet.

Très fière de sa prise d'aïkido — au fond, elle avait eu raison de passer sa ceinture noire le mois dernier —, Amanda lâcha d'un ton ironique :

— La visite est terminée, cher monsieur !

Et, pivotant sur ses escarpins, elle se dirigea vers la porte. Elle n'avait pas fait deux pas que la main de Sloan emprisonnait sa cheville. Déséquilibrée, elle s'affala sur lui en poussant un cri aigu.

— Ce qui est bon pour moi l'est aussi pour vous, déclara-t-il, solennel.

Il lui prit le menton, plongea dans le bleu de ses yeux.

— C'est encore une petite leçon de morale personnelle, ma chère. Vous êtes vive, mais vous devriez garder l'œil sur votre victime, lorsqu'elle est à terre.

— Si j'étais un homme..., gronda Amanda.

— Ce serait beaucoup moins drôle.

Sloan la saisit par les épaules et plaqua ses lèvres

contre les siennes. Un baiser bref, ardent, stupé-
fiant, qui laissa Amanda étourdie et pantelante.

— Mmm... Et si nous recommencions ?
suggéra-t-il.

Amanda se redressa pour le repousser... et
retomba dans ses bras. Les membres engourdis,
le cerveau paralysé, elle entrouvrait déjà les
lèvres, lorsqu'un bruit de pas fit vibrer le parquet.
Quelqu'un montait l'escalier qui menait à la tour.

Ils eurent tout juste le temps de lever la tête.
Sur le pas de la porte, une grande jeune femme
toute en courbes, les cheveux bruns courts, les
yeux à demi cachés par une lourde frange, vêtue
d'un simple T-shirt blanc et d'un jean troué aux
genoux, les regardait, éberluée.

— Bonsoir !

Elle dévisagea une seconde Amanda, puis sourit
largement. La vision de sa sœur, toujours très
chic dans ses petits tailleurs de businesswoman,
à demi étendue sur le plancher, les cheveux
ébouriffés et les joues en feu, valait son pesant
d'or ! D'autant plus qu'elle n'était pas seule. A
peu près au même niveau, l'œil brillant et le
sourire décontracté, un superbe mâle vêtu de
jean semblait lui donner la réplique.

— Hum... Bonsoir, murmura Amanda.

Elle voulut se lever mais, vif comme l'éclair,
Sloan se remit debout, lui prit la main et l'aida
galamment à se redresser. Avec une sorte de
grognement, elle se dégagea, recula de quelques

pas et entreprit de brosser ses vêtements du plat de la main avec ardeur.

— Voici ma sœur, Catherine, grommela-t-elle.

— Et vous êtes sûrement Sloan O'Riley, dit celle-ci en souriant.

Elle s'avança vers Sloan et lui tendit la main.

— Trenton m'a tellement parlé de vous !

Elle lança un regard amusé à sa sœur, puis revint à lui pour conclure :

— Et je vois qu'il n'a pas exagéré !

Un instant, Sloan retint sa main dans la sienne. Catherine Calhoun était exactement à l'opposé du genre de femmes avec lesquelles Trent avait l'habitude de sortir. Et parce qu'il était son meilleur ami, Sloan était ravi de son choix.

— Je commence à comprendre pourquoi Trent s'est laissé passer la corde au cou, remarqua-t-il.

— Tu dois prendre ça comme un compliment, prévint Amanda en regardant sa sœur. L'humour de M. O'Riley est assez spécial.

Catherine éclata de rire et glissa son bras sous celui de Sloan.

— Je suis rudement contente de vous connaître. Lorsque nous sommes allés à Boston, Trent et moi, pour qu'il me présente à ses amis, je les ai trouvés beaucoup plus...

— ... snobs ? suggéra Sloan.

Confuse, Catherine haussa les épaules.

— J'imagine qu'ils ont du mal à l'imaginer avec

une femme qui dirige un garage. Ils le voyaient sans doute avec quelqu'un de plus sophistiqué.

— Eh bien, moi, j'ai l'impression qu'il a tiré le bon numéro et gagné le gros lot, Catherine.

— On verra bien, murmura la jeune femme en rougissant.

Peu habituée aux compliments, elle enchaîna aussitôt :

— Tante Coco m'a envoyée pour vous prévenir que le dîner est prêt. Et si vous souhaitez loger à la maison, vous êtes le bienvenu, Sloan.

Celui-ci jeta un coup d'œil à Amanda. Il était prêt à parier qu'elle s'était mordu la langue pour ne pas pousser une exclamation de fureur. Bien que tenté par l'invitation, il préféra refuser.

— Merci, mais j'ai déjà posé mes valises quelque part. De plus, ajouta-t-il en se tournant vers Amanda, je ne veux pas vous imposer ma présence nuit et jour. Je serai déjà suffisamment sur votre chemin.

— Comme vous voulez, dit Catherine. Je voulais simplement vous prier de considérer cette maison comme la vôtre pendant votre séjour dans l'île.

— Je vais aider tante Coco, annonça brusquement Amanda.

Elle salua Sloan d'un bref hochement de tête.

— Catherine vous accompagnera jusqu'à la salle à manger.

— Merci de votre patience, Amanda, lui

lança-t-il avec un clin d'œil. J'ai beaucoup apprécié la visite, croyez-moi.

Il crut l'entendre grincer des dents tandis qu'elle s'éloignait d'un pas de grenadier.

— Votre sœur a une fichue personnalité, fit-il alors remarquer.

— C'est vrai, acquiesça Catherine avant d'esquisser un petit sourire. Gare à vous ! Trent m'a prévenue : il paraît que vous êtes un coureur de jupons.

— Il m'en veut encore de lui avoir chipé une petite amie lorsque nous étions à l'université, rétorqua Sloan en riant.

Il prit la main de Catherine.

— Vous êtes bien sûre que c'est lui que vous voulez épouser ?

Passé un instant de stupeur, la jeune femme éclata de rire.

— Oh, Sloan ! Maintenant, je comprends pourquoi il m'a demandé d'enfermer mes sœurs à double tour la nuit !

— Si elles sont toutes comme Amanda, je n'ai aucune chance.

— Les Calhoun sont rudes, mais elles ont le cœur tendre.

Sur le palier, Catherine fit une pause et regarda Sloan d'un air mystérieux.

— Autant vous prévenir : tante Coco vous a vu dans le marc de café, ce matin.

— Dans le… Oooh…, fit Sloan dans un soupir.

— Eh oui. La voyance est son violon d'Ingres. Mais elle risque de vous manipuler si elle croit que le destin vous a mis sur le chemin de l'une de ses nièces. Elle est pleine de bonnes intentions…

— Les O'Riley sont des durs à cuire. Ils savent se débrouiller comme des grands.

Catherine lui donna une petite tape sur l'épaule avant de descendre les marches.

— Je vous aurai averti !

— Catherine ? appela Sloan, qui la suivait dans l'escalier. Y a-t-il beaucoup d'hommes qui tournent autour d'Amanda ? Je veux dire… est-ce que je vais devoir dégager le terrain pour me faire une place ?

Elle se tourna vers lui, pensive, et réfléchit quelques secondes.

— Non, dit-elle finalement. Amanda se charge de déblayer le terrain toute seule.

— Parfait !

Et Sloan finit de descendre les marches avec un grand sourire. Arrivés au premier étage, ils entendirent des cris aigus en provenance du rez-de-chaussée.

— Ce sont les enfants de ma sœur Suzanna, expliqua Catherine avant que Sloan ait eu le temps de lui poser la question. Alex et Jenny sont des enfants charmants, mais turbulents.

— C'est ce que j'entends.

Vroum ! Une petite fusée blonde se propulsa vers eux. Instinctivement, Sloan l'attrapa entre ses grandes mains solides et se trouva dévisagé par deux yeux bleu pervenche.

— T'es un géant, déclara la fillette, perplexe.

— Non. C'est toi qui es petite, affirma Sloan.

Elle lui fit un sourire radieux.

— Je peux monter sur ton dos ?

— C'est un dollar.

— J'ai pas d'argent !

— Bon. Le premier tour est gratuit...

Il finit de descendre l'escalier, l'enfant bien calé sur son dos, ses petits bras autour de son cou. Dans l'entrée, Amanda tenait fermement un petit diable brun qui sautillait sur place.

— Où est Suzanna ? demanda Catherine.

— Dans la cuisine. Elle m'a chargée de surveiller ses monstres. Mais celui qui a le nez en trompette a réussi à s'échapper ! constata Amanda en regardant la fillette.

— Coucou !

Du haut des épaules de Sloan, Jenny riait à perdre haleine.

— Qui c'est ? demanda Alex en pointant un index poisseux vers Sloan.

— Sloan O'Riley, répondit l'intéressé.

Il tendit la main au petit garçon, qui la fixa avec méfiance avant de poser sa menotte au creux de la large paume.

— Vous parlez comme un cow-boy.

— Je suis né dans l'Oklahoma.

L'enfant hocha la tête.

— C'est pareil, affirma-t-il. Vous avez déjà tué quelqu'un ?

Sloan fit semblant de réfléchir.

— Hum… Pas récemment.

— Ça suffit, chenapan ! intervint Catherine.

Elle attrapa le bras de Jenny qui venait de glisser du dos de Sloan.

— Venez, vous deux. Vous allez vous laver les mains avant de dîner !

— Charmants enfants, commenta Sloan en les suivant des yeux.

— Je les adore, murmura Amanda.

Elle lui sourit. Un vrai sourire, le premier depuis qu'il la connaissait. Il lui alla droit au cœur.

— Ils sont ravis de pouvoir jouer avec un homme, remarqua-t-elle.

La vision de Jenny sur le dos de Sloan l'avait émue. Ce cow-boy n'était pas une brute.

— Et leur père ?

Le sourire s'effaça des lèvres d'Amanda.

— Il les voit rarement depuis que le divorce a été prononcé. Vous le connaissez peut-être, puisqu'il a navigué quelque temps dans le cercle des relations de Trent. Baxter Dumont. Ce nom vous dit quelque chose ?

— J'en ai entendu parler, murmura Sloan d'un ton sec.

— Vous ne risquez plus de le rencontrer. Et c'est tant mieux ! Venez, le dîner est prêt.

Sloan suivit la jeune femme vers la salle à

manger, un pli amer aux lèvres. Le destin lui avait joué un sale tour. Pourquoi l'ex-femme de Baxter était-elle la sœur d'Amanda ? Il devait se préparer à rencontrer Suzanna. Et d'avance, il la haïssait.

3

Splash! Amanda plongea dans la piscine, remonta à la surface, le souffle coupé par l'eau glacée. Puis elle se mit à faire sa première longueur. Elle en parcourait cinquante tous les matins.

C'est ainsi qu'elle démarrait chacune de ses journées depuis qu'elle était l'adjointe du directeur du Bay Hotel. Son titre lui permettait d'ailleurs l'accès à la piscine avant qu'elle ne soit ouverte à la clientèle. On était à la fin du mois de mai, et la saison s'annonçait bien. L'hôtel, qui était aux deux tiers plein, serait comble de la fin juin à la mi-septembre. Et cette heure de solitude qu'Amanda se réservait chaque matin lui serait d'autant plus précieuse.

Juste avant d'atteindre le bord, elle se tourna, entama une nouvelle longueur.

Dans un an, elle dirigerait l'hôtel des Tours. Le fleuron de la chaîne St. James. Des suites de grand prestige, et un service à la hauteur. Le but qu'elle s'était fixé lorsqu'elle avait travaillé pour la première fois comme standardiste à temps partiel dans un hôtel pour payer la fin de ses études se réaliserait enfin. Il lui avait fallu dix ans de travail acharné pour l'atteindre.

Evidemment, les mauvaises langues ne se priveraient pas de clamer qu'elle obtenait le poste uniquement parce qu'elle était devenue la belle-sœur de Trent, l'héritier du groupe St. James. Qu'importe ! Elle leur montrerait de quoi elle était capable !

Amanda adorait son travail. Tandis qu'elle accélérait son mouvement de crawl, elle songea qu'elle ferait des Tours un hôtel des plus renommés au niveau international. Il serait plein douze mois sur douze. En associant le nom des St. James à la légende des Tours, Trent avait trouvé la formule magique. Chaque client se souviendrait longtemps de l'ambiance intime et élégante, du service feutré mais efficace, de l'accueil à la fois chaleureux et déférent qui marqueraient son passage aux Tours. Et pour une fois, elle recueillerait les éloges, elle, Amanda. Elle en avait assez de laisser un autre lui voler les compliments et lui jeter les blâmes. Il lui suffisait d'attendre la fin des travaux dans la tour ouest pour donner sa démission à ce malotru de Stenerson, le directeur du Bay Hotel.

Elle enchaîna une autre longueur tandis que son cerveau enchaînait, lui, sur l'image de Sloan O'Riley. Il serait le responsable des travaux dans la tour. Trent devait savoir choisir ses amis, puisqu'il avait su choisir sa fiancée. Pourtant, Amanda ne parvenait pas à comprendre comment un homme aussi subtil, aussi raffiné que Trenton St. James, troisième du nom, parfaite incarnation du goût et de la discrétion de la côte Est, avait pu vouer une amitié aussi fidèle à quelqu'un d'aussi primitif, d'aussi tonitruant, que Sloan O'Riley. C'était un vrai mystère.

Pas une seconde, elle ne regrettait de l'avoir remis à sa place — même si elle l'avait fait un peu brutalement. Ce cow-boy était trop sûr de lui. Sa familiarité l'avait agacée dès le début. Et, en plus, il avait eu le culot de l'embrasser !

Elle battit rageusement l'eau de ses pieds.

On ne pouvait pas l'accuser de l'avoir encouragé ! Au contraire. Incapable de prendre un « non » pour un refus, il n'avait pas desserré son étreinte. Il était resté à la dévisager avec un sourire béat, s'était penché et l'avait embrassée. A l'évocation de ce souvenir, Amanda faillit boire la tasse.

Il avait osé… Et elle avait détesté, bien sûr. Si Catherine n'était pas entrée dans la pièce juste à ce moment-là, elle aurait dit à ce rustre tout ce qu'elle pensait de lui. Le seul problème, c'est qu'il l'empêchait de penser. En sa présence, le cerveau d'Amanda semblait victime d'un terrible dysfonctionnement.

C'était parce qu'il l'horripilait, bien sûr. Elle ne supportait pas son genre homme des bois — avec panoplie de cow-boy en prime. Quant à ses mains calleuses, sa voix traînante et ses bottes poussiéreuses… pouah ! Non, l'homme idéal d'Amanda avait des ongles manucurés, parlait d'une voix digne, avec un débit régulier, portait des mocassins impeccablement cirés… Elle n'était pas contre un brin de sophistication à l'occasion.

Certes, elle ne pouvait pas nier que le regard de Sloan avait un certain charme, surtout quand cette petite lueur amusée brillait au fond des prunelles. Et puis, il s'était montré doux et patient avec les enfants. Malgré tout, le bilan était loin d'être positif.

Et pourquoi avait-il dévisagé Suzanna avec autant d'insistance pendant tout le dîner ? La pauvre en était toute gênée ! Il avait eu beau flirter avec tante Coco, amuser Catherine en lui narrant les blagues qu'il faisait avec Trenton lorsqu'ils étaient à Harvard, et raconter aux enfants les histoires de ses ancêtres indiens toute la soirée, son regard revenait sans cesse à Suzanna. Pas de doute, c'était un coureur de la pire espèce.

Amanda n'aurait eu aucune inquiétude s'il s'était agi de Lila, absente jusqu'à ce soir. Mais pas Suzanna ! Elle était trop vulnérable. Son ex-mari l'avait fait abominablement souffrir, son divorce l'avait ravagée. Il n'était pas question de laisser sa frêle colombe de sœur aux griffes de cet épervier. Elle y veillerait personnellement.

A bout de souffle, elle agrippa le bord de la piscine. Trop absorbée par ses pensées, elle avait oublié de compter les longueurs. Elle rejeta ses cheveux en arrière et cligna des yeux pour tenter d'apercevoir les aiguilles de la grosse pendule qui ornait le mur de la piscine… A la place, elle plongea directement dans deux lacs gris-vert.

— Bonjour, Calhoun.

Amanda le regarda, éberluée. Avec le soleil qui auréolait d'un reflet cuivré sa crinière trop longue, ses yeux légèrement en amande et son sourire carnassier, il avait l'air d'un grand lion qui vient de se réveiller pour chasser.

— Que faites-vous dans cet hôtel ?

— J'y loge, répondit Sloan en haussant les épaules. Chambre 320.

Les yeux d'Amanda s'écarquillèrent.

— Vraiment ? Eh bien, ça promet, soupira-t-elle.

Sloan s'accroupit. Son sourire s'accentua. Elle avait la peau très claire, satinée, crémeuse… Il mourait d'envie de toucher cette épaule ronde, de laisser courir ses doigts le long de son bras, de caresser cette gorge ferme…

Il toussota puis, autant pour elle que pour lui, murmura :

— C'est une façon agréable de commencer la journée.

— Ça l'était.

— Puis-je vous demander ce que vous faites ici ? Normalement, la piscine n'est pas encore ouverte.

— Non. Mais en tant que sous-directrice, j'ai le droit d'y accéder.

Ooooh ! Mais la situation devenait de plus en plus intéressante, songea Sloan, l'œil brillant. Le destin était de son côté. Il était sorti tôt ce matin dans l'intention de faire une longue promenade solitaire, et qui avait-il aperçu, dans la piscine qui longeait le couloir ? Une sirène nommée Amanda ! Et en plus, elle travaillait là !

— Donc, si j'ai le moindre problème, c'est à vous que je m'adresse ? demanda Sloan, qui imaginait déjà tous les problèmes qu'il allait se trouver.

— C'est exact.

Quand Amanda sortit de l'eau, il réprima de justesse un long sifflement à la vue du corps parfait que son maillot saphir moulait comme une seconde peau. Elle saisit la serviette qu'elle avait laissée dans un fauteuil en toile.

— Votre chambre vous convient ? demanda-t-elle d'un ton très professionnel.

— Hmm ?

Sloan se mordit la lèvre. Quelles jambes ! Longues, fines, musclées... de quoi tourner la tête d'un moine !

— Elle vous convient ? répéta Amanda.

— Bien. Très bien, même. La vue est... splendide, murmura-t-il tandis que son regard remontait lentement vers le visage de la jeune femme.

— Et elle est gratuite. Comme le petit déjeuner que l'on sert juste en ce moment dans le restaurant du dernier étage. Vous devriez en profiter.

Amanda drapa sa serviette humide autour de son cou, avant de se diriger vers le vestiaire. Sloan

la rattrapa en deux enjambées et saisit les extré-
mités du tissu-éponge pour l'obliger à s'arrêter.

— Si on le prenait ensemble ?

— Je regrette.

Ce qu'Amanda regrettait surtout, c'étaient les
battements désordonnés de son cœur. Pourquoi
n'arrivait-elle pas à les contrôler ?

— Les employés n'ont pas le droit de se mêler
aux clients.

— Je suis sûr que l'on peut faire une entorse à
la règle. Au nom de notre amitié.

— Nous ne sommes même pas amis.

Il eut un sourire nonchalant, hypersexy, qui
amollit brusquement la résistance et les jambes
d'Amanda.

— Justement, suggéra Sloan. Nous pourrions
en discuter pendant le petit déjeuner.

— Désolée. Cela ne m'intéresse pas.

Elle voulut se dégager, mais il la retint.

— Dans l'Ouest, les gens sont plus aimables.

— Et dans l'Est, ils sont plus polis ! rétorqua
Amanda avec un regard plein de défi. Ecoutez,
Sloan, mettons les choses au clair une bonne
fois pour toutes. Je suis à votre disposition pour
tout ce qui concerne le service de l'hôtel. Je suis
également prête à discuter de vos plans pour la
restauration de la tour ouest. En dehors de cela,
nous n'avons rien à nous dire.

Il la dévisageait tranquillement, comme si elle

était en train de lui parler de la pluie et du beau temps.

— A quelle heure commencez-vous votre travail ? demanda-t-elle alors.

Elle soupira. Cet homme avait la tête plus dure que son neveu Alex.

— Sloan… Est-ce que vous cherchez à m'énerver, par hasard ?

— Inutile. J'ai l'impression que c'est déjà fait.

D'une secousse, il attira la jeune femme vers lui. Exaspérée, elle lui lança d'une voix sifflante :

— Mais enfin… Je vous ai dit que vous ne m'intéressiez pas !

Son cœur s'agitait follement dans sa poitrine, maintenant, ce qui l'agaçait prodigieusement.

— Vous savez ce que je ressens, Calhoun ?

Il l'obligea à s'approcher encore un peu de lui. D'amusé, le regard de Sloan était devenu impénétrable. Quelque chose de sombre et de mystérieux semblait flotter tout au fond, quelque chose d'excitant, aussi. Amanda sentit ses genoux faiblir.

— Vous m'apparaissez comme une gorgée d'eau fraîche, murmura-t-il. Et chaque fois que je vous vois, j'ai l'impression de mourir de soif.

Une dernière secousse, et Amanda tomba contre lui. Il l'enlaça aussitôt.

— Hier, je n'ai eu droit qu'à une toute petite goutte. Mais ce matin, j'ai très, très soif…

Il lui effleura les lèvres des siennes, doucement, tout en gardant les yeux fixés sur les siens. Cette fois, si Amanda disait « non », il n'insisterait pas. Malgré les apparences, Sloan avait un cœur de gentleman. Il n'avait jamais forcé une femme de sa vie.

Les yeux grands ouverts, un brin affolés, elle se laissait faire.

— Amanda… je veux plus, murmura-t-il dans un souffle.

La jeune femme serra les poings, mais ne le repoussa pas. Sloan comprit alors qu'elle luttait contre elle-même — et non contre lui. Il l'étreignit davantage, l'embrassa longuement, à pleine bouche. Il ne lui avait pas menti. Le désir qu'il avait d'elle était comme une soif lancinante, insatiable, qui le dévorait. Peu à peu, les poings d'Amanda se décrispèrent, son corps se détendit. La tigresse survoltée rentrait ses griffes et frémissait sous les caresses.

La bouche de Sloan semblait partout à la fois. Elle butinait les tempes d'Amanda, ses paupières, glissait le long de son cou, s'attardait à la naissance de sa gorge, tandis qu'il parcourait avidement son corps de ses mains. Amanda faiblissait, s'abandonnait, se cambrait sous ses caresses. Un gémissement rauque de Sloan la fit tressaillir, et le désir l'embrasa à son tour. Elle voulait plus, elle aussi. Avec passion, elle lui rendit chaque baiser, ses mains fines agrippèrent avec volupté le dos puissant, puis caressèrent le ventre musclé…

Ce nouveau comportement d'Amanda bouleversa

Sloan. Il avait eu un certain nombre d'aventures et n'avait jamais dédaigné les plaisirs de l'amour physique. Mais aucune femme ne l'avait déchaîné, survolté, à ce point. Le désir qu'il éprouvait pour elle était si puissant, si violent, qu'il le mettait au supplice. Les baisers d'Amanda étaient plus forts, plus intenses, plus fous... Ils laissaient présager de telles délices, de tels moments d'extase, qu'il en tremblait.

A bout de souffle, dans un effort désespéré pour se contrôler, il interrompit leur baiser et s'écarta légèrement pour la regarder.

— Amanda...

Il aspira une grande bouffée d'air. Les yeux embrumés, les joues roses, les lèvres brillantes de la jeune femme court-circuitaient les deux hémisphères de son cerveau.

— Viens dans ma chambre, chérie.

— Ta chambre ? répéta-t-elle en le fixant d'un air égaré.

La voix rauque d'Amanda fit tressaillir Sloan. Jusqu'à présent, ses conquêtes féminines lui étaient tombées spontanément dans les bras et ne l'avaient jamais regretté. A l'évidence, il allait devoir persuader Amanda. L'implorer, la supplier peut-être. Pour elle, il était prêt à mettre son amour-propre dans sa poche, à s'agenouiller...

Il lui prit doucement le coude, pour l'entraîner.

— Suis-moi, lui chuchota-t-il à l'oreille. Nous

avons besoin d'un endroit plus intime pour finir ce que nous avons commencé.

Dans le lointain, un téléphone sonnait. Le bruit familier sortit enfin Amanda de sa torpeur. Elle secoua la tête, s'arrêta brusquement. Les mots que lui avait chuchotés Sloan prirent enfin un sens. Ses yeux s'écarquillèrent, un frisson d'angoisse la parcourut. Qu'avait-elle fait ?

— Non ! Pas question de vous suivre !

Encore sous le choc sensuel qu'elle avait provoqué, Sloan la fixa.

— C'est un peu tard, Amanda. J'ai envie de toi, murmura-t-il en lui enlaçant la nuque. Et la réciproque est vraie, n'est-ce pas ? Tu ne peux pas le nier !

— Et alors ? rétorqua Amanda, le corps aussi glacé que sa voix. Nous avons commis une erreur, voilà tout. Il suffit de reprendre le contrôle.

Elle inspira longuement. Amanda Calhoun n'était pas le genre de femme à se précipiter dans la chambre du premier venu. Il fallait que ce cow-boy le comprenne. D'accord, elle s'était laissé emporter... Mais elle saurait se contrôler, désormais.

— Une erreur ? Mais enfin, Amanda, c'est ridicule ! Tu sais parfaitement qu'il y a quelque chose entre nous deux. Pourquoi résister ainsi ?

— Parce que je connais votre genre, monsieur O'Riley.

S'efforçant d'être aussi calme qu'elle, Sloan croisa les bras et la dévisagea.

— Vraiment ?

— Parfaitement. Vous êtes un vagabond, un coureur d'aventures et de jupons. Vous ne faites que passer, prenant le plaisir là où il se trouve, amateur des passades d'une nuit ou de quelques heures ! Eh bien, ce n'est pas mon genre à moi ! s'exclama Amanda en secouant ses cheveux mouillés. Allez chercher fortune ailleurs !

— Vous croyez m'avoir étiqueté, pas vrai ? Vous avez tout faux.

En fait, ce qu'Amanda avait dit était juste... Jusqu'à hier. Aujourd'hui, la description avait changé. Il ne pouvait pas lui expliquer le pourquoi et le comment de sa métamorphose : lui-même en ignorait tout.

— D'ailleurs, je vous le prouverai bientôt, Calhoun. Et retenez bien ceci : je finis toujours ce que j'ai commencé. Je vous aurai...

C'était plus une menace qu'une promesse, ce qui fit sortir la jeune femme de ses gonds.

— Vous m'aurez ? Nous ne sommes pas dans un ranch, O'Riley ! Ici, on ne capture pas les femmes au lasso ! Vous n'êtes qu'un macho pervers, un mufle, un abruti, un...

— Gardez vos flatteries pour plus tard, Amanda.

Il la toisa d'un regard sombre. Puis, s'approchant d'elle, il lui caressa la joue.

— Car il y aura un plus tard, ma chère, je vous

le promets. Et à ce moment-là, je prendrai tout mon temps, Amanda. C'est vous qui m'implorerez, qui me supplierez… A présent, je vais aller prendre ce fameux petit déjeuner. Bonne journée, Amanda.

Les mains dans les poches de son jean, Sloan partit en sifflotant.

La soirée s'annonçait mal, songea Amanda. Elle avait deux heures supplémentaires à faire, car l'une des hôtesses était malade. Et, en prime, il lui fallait écouter les interminables sermons de son directeur, M. Stenerson — lequel, par-dessus le marché, osait lui parler d'efficacité ! Lui qui dirigeait son personnel en donnant des ordres d'une voix de fausset et en les accompagnant de gémissements plaintifs… Incapable de surveiller leur exécution, il en déléguait toute la responsabilité à Amanda, pour pouvoir ensuite lui faire des reproches plus aisément.

Assise face à lui, le regard au ras du crâne rose et luisant du petit homme falot, elle fixait sans la voir la gravure suspendue derrière lui.

Stenerson débitait d'un ton monocorde la liste hebdomadaire de ses reproches :

— J'ai remarqué un certain laisser-aller dans la tenue des chambres. Regardez ce que j'ai découvert dans la 310 !

Il exhiba un papier blanc, froissé et poussiéreux.

— C'était sous le lit. Inadmissible ! J'espère que

vous allez reprendre les choses en main, mademoiselle Calhoun.

— Bien entendu, monsieur.

« Sale bonhomme ! se dit-elle. Toujours à fureter partout... »

— Je parlerai moi-même aux femmes de chambre, promit-elle. Ce matin même.

— Je l'espère bien.

Stenerson souleva ses lunettes de presbyte pour jeter un coup d'œil à son petit carnet noir, dans lequel il notait consciencieusement toutes les remarques et les réclamations qu'il pouvait entendre. Sans compter celles que son imagination un brin tortueuse lui soufflait...

— Le service traîne un peu, ces temps-ci. Si vous n'y remédiez pas immédiatement, le retard risque de devenir incontrôlable lorsque la saison battra son plein.

Il réajusta ses lunettes, regarda Amanda et déclara d'un ton sec :

— Vous prendrez les mesures nécessaires avant la fin de la semaine.

— C'est entendu.

Amanda le regarda droit dans les yeux. Et, comme d'habitude, il détourna les siens en toussotant.

« Baudruche..., songea Amanda, narquoise. Il suffit de te piquer pour que tu te dégonfles ! »

Stenerson se cala contre le dossier de son fauteuil trop grand pour lui, ôta ses lunettes, puis se passa une main blanche et moite sur le crâne, comme s'il tentait de lisser des cheveux qui n'y étaient plus.

Amanda se raidit. Elle savait exactement ce qu'il allait lui dire avant qu'il n'ouvre la bouche. Elle aurait pu réciter le sermon mot pour mot.

— Il y a vingt-cinq ans, c'est moi qui apportais les plateaux du petit déjeuner aux clients. Grâce à ma volonté et à mon esprit positif, j'ai gravi les échelons un à un, pour me retrouver aujourd'hui dans ma position. Si vous souhaitez réussir dans l'hôtellerie, mademoiselle Calhoun, si vous visez mon poste lorsque je prendrai ma retraite, vous devez vous montrer aussi déterminée et réaliste que je l'ai été. Et ne pas hésiter à retrousser vos manches.

— Je comprends, monsieur.

Elle mourait d'envie de lui dire que dans moins d'un an elle lui aurait donné sa démission et qu'elle ne recevrait d'ordres de personne. Et surtout pas de lui. Mais jusque-là, elle avait besoin de son job. Elle se leva.

— Je vais remplacer l'hôtesse absente, monsieur.

— Bien, bien, murmura-t-il en croisant sur son bureau immaculé — et vide — ses petites mains blanches. N'oubliez pas que, ce soir, je ne suis là pour personne.

« Comme d'habitude », faillit rétorquer Amanda, qui se contenta néanmoins de hocher la tête.

— Oh! vérifiez aussi les réservations pour le mois d'août! ajouta-t-il. Et comptez le nombre de

peignoirs affectés à la piscine. Le garçon d'étage
m'a dit qu'il en disparaît chaque jour.

— Bien, monsieur.

« Il n'y a rien d'autre, vermisseau à lunettes,
c'est bien sûr ? Vous ne voulez pas que je lave votre
voiture ou que je cire vos chaussures ? »

— Ce sera tout, murmura Stenerson, comme
s'il avait surpris les pensées d'Amanda.

Celle-ci ouvrit la porte et se retint pour ne pas
la claquer derrière elle.

Sloan s'installa confortablement dans l'un
des larges fauteuils en plume et cuir du hall et
commanda un grand verre de bière. Voir Amanda
jouer son rôle d'hôtesse à la perfection, évoluant
derrière le comptoir avec grâce et efficacité, un
sourire aimable aux lèvres, était un spectacle à
ne manquer sous aucun prétexte !

En l'apercevant là ce soir, il avait été surpris. Il
venait de passer plus de huit heures dans la tour
ouest, et son cartable de cuir fauve calé contre le
bas du fauteuil était bourré d'esquisses, de plans,
de notes et de mesures… Entre sa journée de travail
et le décalage horaire, il était plutôt épuisé. La vue
d'Amanda dans son tailleur d'executive woman,
le cheveu lisse, le teint rose, l'œil maquillé, l'ongle
vernis, virevoltant apparemment sans effort entre
un client pressé, un téléphone insistant et un écran
d'ordinateur, l'avait ragaillardi. Elle lui semblait

aussi fraîche, aussi limpide, qu'une source d'eau pure.

Il fit un geste au portier, un jeune garçon au nez piqueté de taches de rousseur et à l'œil vif sous la casquette noire.

— Monsieur désire ?

— Y a-t-il un fleuriste, près d'ici ?

— Oui, monsieur. Au coin de la rue.

Les yeux toujours fixés sur Amanda, qui venait de retirer l'une de ses boucles d'oreilles pour répondre plus facilement au téléphone, il sortit un billet de sa poche.

— Allez me chercher une rose rouge. Avec une longue tige et encore en bouton, de préférence. Et gardez la monnaie pour vous, d'accord ?

— Oh, oui, monsieur ! Tout de suite...

Ravi, Sloan alluma un cigare et continua à observer la jeune femme.

Derrière le comptoir, Amanda reposa le téléphone avec un soupir. Elle n'avait rien mangé depuis ce matin, et son estomac commençait à la rappeler sérieusement à l'ordre. De plus, elle rentrerait trop tard ce soir pour trier les documents concernant le collier de Bianca... Les recherches n'avançaient pas assez vite à son gré. « Et tout ça à cause de Stenerson ! » songea-t-elle avec colère.

— Excusez-moi...

Levant les yeux, elle aperçut un homme blond, grand, élégant, qui la dévisageait d'un regard merveilleusement bleu.

— Oui, monsieur… En quoi puis-je vous aider ? demanda-t-elle de son ton le plus professionnel.

— Je voudrais parler au directeur.

— Oh…

L'estomac déjà plaintif d'Amanda chavira.

— Je suis désolée, il n'est pas ici. Quel est le problème ?

— Il n'y en a aucun, mademoiselle…

Il déchiffra le badge que la jeune femme portait au revers de son tailleur.

— … Calhoun, acheva-t-il d'une voix teintée d'un accent britannique. Je souhaitais simplement le saluer. J'ai réservé une suite pour deux semaines.

— Mais bien sûr… Vous êtes monsieur Livingston, n'est-ce pas ? Nous vous attendions, affirma Amanda, souriante.

D'un doigt compétent, elle tapotait déjà le nom sur le clavier de l'ordinateur.

— Avez-vous déjà séjourné chez nous, monsieur Livingston ?

— Non. Et je le regrette, croyez-moi.

— Je suis persuadée que vous aimerez la suite que nous vous avons réservée, déclara Amanda en lui tendant un formulaire à remplir. Et nous sommes à votre disposition pour rendre votre séjour aussi agréable que possible.

— J'en suis convaincu.

Il la dévisagea d'un œil admiratif.

— Malheureusement, expliqua-t-il en signant le formulaire et en donnant sa carte de crédit à

Amanda, j'ai dû emporter des dossiers à terminer. A ce propos, j'aurai besoin d'un fax pour la durée de mon séjour.

— Vous pouvez utiliser celui de l'hôtel à votre guise.

— Non, merci. Je travaille parfois la nuit et je préfère disposer de ma propre machine. Pourriez-vous m'en louer une ?

— Je vais voir ce que je peux faire.

— Merci.

Livingston récupéra sa carte, avant de la glisser dans un portefeuille de cuir noir, aux coins dorés.

— J'ai l'intention de me servir de mon salon comme d'un bureau. Aussi, j'aimerais que vous préveniez la femme de chambre de ne pas toucher à mes papiers, même s'ils sont en désordre.

— Bien entendu.

— Une dernière question... Connaissez-vous bien l'île ?

— J'y suis née, indiqua Amanda en lui tendant sa clé.

— Merveilleux !

La fixant droit dans les yeux, Livingston posa la main sur celle de la jeune femme.

— C'est donc à vous que je m'adresserai si j'ai des questions sur l'endroit. Merci...

Il regarda de nouveau le badge.

— ... Amanda. Nous nous reverrons très bientôt, murmura-t-il, comme s'il s'agissait d'une promesse particulière.

— A votre service.

Amanda dégagea sa main et fit signe à l'un des porteurs de prendre les bagages de leur client. Son pouls s'accéléra sous le regard bleu qui était toujours fixé sur elle.

— J'espère que vous apprécierez votre séjour ici, monsieur Livingston.

— Je l'apprécie déjà.

Il la salua et se dirigea vers l'ascenseur. Amanda suivit des yeux sa haute silhouette, vêtue d'un costume de lin beige pâle, impeccablement coupé.

— Qui est-ce ? murmura Karen, juste derrière elle.

La jeune hôtesse avait le regard fixé dans la même direction.

— William Livingston, répondit Amanda en classant le formulaire qu'il venait de remplir.

— Il est superbe. S'il m'avait regardée comme il vous a regardée, j'aurais fondu sur place !

Décrochant le téléphone qui se trouvait devant elle, elle reprit un ton professionnel pour répondre.

— Allô, oui ?

De son côté, Amanda parcourut le formulaire que venait de remplir William Livingston.

« Habite à New York, découvrit-elle. Peut se permettre de prendre deux semaines de semi-repos dans la suite la plus luxueuse du Bay Hotel. Habillé comme une gravure de mode, tiré à quatre épingles, du cheveu lisse au mocassin ciré. A l'air intelligent, le regard vif et le sourire sexy... »

Oui, si Amanda était à la recherche d'un mari, il aurait pu correspondre à ce qu'elle souhaitait. Avec un petit soupir, elle feuilleta les pages jaunes de l'annuaire. Elle cherchait un fax, pas un mari !

— Salut, beauté.

L'ongle carmin pointé sur la rubrique « Fournitures de bureau », Amanda leva les yeux. Sloan, sa chemise en chambray largement ouverte, ses cheveux trop longs lui retombant sur le col, les yeux brillants et le sourire carnassier, se penchait vers elle au-dessus du comptoir.

— Excusez-moi, je suis occupée, dit-elle d'un ton sec.

— Vous travaillez tard, ce soir ?

— Exact.

— Vous êtes rudement mignonne dans ce petit tailleur.

Nullement démonté par l'air maussade d'Amanda, il caressa d'un doigt le revers du col marine. Furieuse, la jeune femme se rendit compte que son rythme cardiaque, au lieu d'accélérer un brin comme il l'avait fait lorsque Livingston avait couvert sa main de la sienne, frisait soudain la tachycardie. Avec fermeté, elle écarta le doigt importun.

— Vous avez une réclamation à faire à propos de votre chambre, monsieur O'Riley ?

— Non. Elle est parfaite.

— A propos du service, peut-être ?

— Il est impeccable.

— Alors, si vous voulez bien m'excuser, j'ai beaucoup de travail, ce soir.

— Je sais. Cela fait une bonne demi-heure que je vous observe. Vous êtes diablement efficace, Calhoun !

Les fins sourcils de la jeune femme s'arquèrent d'un coup.

— Vous m'observiez ?

Amusé par son air stupéfait, Sloan fixa un instant la bouche arrondie d'Amanda. Il avait une envie folle d'en sentir de nouveau le goût, de la prendre et de la reprendre. Le souvenir du baiser qu'ils avaient échangé ce matin l'avait hanté toute la journée.

— Le spectacle en valait la peine, remarqua-t-il.

— Vous avez de la chance d'avoir autant de temps libre…

— J'avais justement l'intention de le partager avec vous. Vous n'étiez pas libre ce matin, mais peut-être pourrions-nous dîner ensemble ce soir ?

— Ecoutez, monsieur O'Riley…

Amanda se pencha vers lui et baissa la voix. Karen et la standardiste avaient l'œil rivé sur eux.

— Auriez-vous l'obligeance de vous mettre dans la tête que vous ne m'intéressez absolument pas ?

— Non.

Sloan lui adressa un sourire béat.

— Je sais que vous n'aimez pas perdre votre temps. Je vous propose donc de dîner en tête à tête et de reprendre notre… conversation là où nous l'avions laissée ce matin.

C'est-à-dire dans ses bras, songea Amanda, qui se souvint alors de la chaleur, de la force de son étreinte, de ses lèvres brûlantes sur les siennes… Les rouages de son cerveau fonctionnaient au ralenti. Ses rotules fondaient comme la cire d'une bougie allumée. Tout à coup, elle vit la bouche de Sloan s'incurver en un sourire satisfait.

Ce goujat savait pertinemment l'effet qu'il lui faisait ! songea-t-elle avant de se reprendre sur-le-champ.

— Je suis occupée et je ne désire pas…

— Oh, si. Oh, si, Amanda.

Elle serra les poings. Décidément, ce cow-boy lui tapait sur les nerfs. Le fusillant du regard, elle martela :

— Je-ne-veux-pas-dîner-avec-vous. C'est clair ?

— Comme du cristal.

Sloan se redressa et lui envoya un baiser du bout des doigts.

— Chérie, si jamais vous avez faim, je serai dans ma chambre, la 320.

Il prit la main d'Amanda, puis l'ouvrit pour y mettre la rose qu'il avait posée sur le comptoir.

— Et n'oubliez pas, chuchota-t-il, il n'y a que les ânes qui ne changent pas d'avis !

Sur cette bonne parole, il lui adressa un clin d'œil et s'en alla d'un pas tranquille.

— Wow ! murmura Karen d'un ton admiratif.

Deux soupirants en une soirée, et quels soupirants ! Beau comme un camion et supercool, ajouta-t-elle en suivant Sloan des yeux.

— Mmm… approuva Amanda, tout en caressant d'un doigt distrait les pétales de sa rose rouge. Je me demande quand même parfois s'il n'a pas échappé à la civilisation — comme Tarzan dans sa jungle !

— Cela ne me gêne pas, affirma Karen. Concentrez-vous sur le gentleman new-yorkais et laissez-moi celui-là, d'accord ?

— Je vais me concentrer sur mon travail et vous aussi, déclara Amanda. Stenerson est en train de déterrer la hache de guerre. Ce n'est pas le moment de nous laisser émouvoir par un cow-boy mal léché ! Compris ?

Devant l'œil sombre d'Amanda, Karen se remit promptement à classer les formulaires.

L'air absent, Amanda tournait la tige entre ses mains. Après tout, Sloan était peut-être un rustre, mais il avait un bon fond. Elle l'accusait de muflerie alors qu'elle ne l'avait même pas remercié de cette attention ! Elle allait chercher un vase lorsque le téléphone sonna.

— Le Bay Watch à votre service, répondit-elle machinalement.

— Je voulais juste entendre votre voix avant de m'endormir, susurra Sloan. Bonne nuit, chérie.

Réprimant un juron, Amanda raccrocha. Mais

elle souriait bêtement lorsque, deux minutes plus tard, elle disposa la rose rouge dans un soliflore.

Je me suis précipitée vers lui. Je n'étais plus Bianca Calhoun, mais une femme, tout simplement. Une femme amoureuse. Je ne pensais plus à rien. Je n'écoutais plus que mon cœur.

La première fois que je l'ai vu, il était exactement dans la même position : face à la mer. Ce soir, cependant, il n'avait ni chevalet ni pinceaux. Il était seul devant l'océan.

Je l'ai appelé. Je n'ai même pas reconnu ma voix dans l'air calme. C'était celle d'une autre femme, transformée par la passion.

Il s'est retourné d'un coup, et j'ai vu son visage illuminé de bonheur tandis qu'il s'élançait vers moi.

Il m'a prise dans ses bras en disant mon nom. Exactement comme je l'avais rêvé des milliers de fois durant notre séparation. Il m'a embrassée. J'ai fermé les yeux, et nos bouches se sont mêlées.

J'ai cessé de respirer. Le temps s'est arrêté. Pris dans la folie et l'urgence de notre passion, nous n'entendions ni le vent ni les vagues... Je n'avais vécu que pour cet instant, pour l'indicible bonheur de me retrouver dans ses bras, de sentir ses lèvres sur les miennes et les battements de son cœur se faire l'écho des miens. Mes vingt-huit années d'existence trouvaient enfin un sens dans cette seconde d'éternité.

Il s'est écarté le premier, puis il a pris mes mains

dans les siennes pour les porter à ses lèvres. Son regard était tout embrumé.

— J'étais sur le point de partir, m'a-t-il dit. J'avais fait mes bagages, réglé ma note, acheté mon billet pour l'Angleterre. Rester ici, sans vous, était pire que l'enfer. Je vous aime à la folie, Bianca.

— Je n'ai cessé de penser à vous. J'avais si peur que vous ayez quitté l'île !

Soudain honteuse, j'ai détourné le regard.

— Qu'allez-vous penser de moi ? Je suis mariée, j'ai des enfants...

— Pas ici, mon amour.

Il avait la voix rauque, le regard sombre, mais ses doigts caressaient mon visage comme s'ils avaient effleuré les pétales d'une rose.

— Ici, vous n'appartenez qu'à moi.

Il m'embrassa de nouveau, effaçant de mon cerveau toute logique, toute raison.

— Je vous ai attendue dans la morosité de l'automne, la froidure de l'hiver, les frémissements du printemps. Mille fois, j'ai essayé de peindre un paysage, mais c'est votre visage qui revenait sans cesse sous mes pinceaux. Lorsque je tournais mon regard vers la falaise, je vous voyais, votre chevelure au vent, tour à tour cuivre ou or selon les rayons du soleil. Dieu sait que j'ai essayé de vous oublier, Bianca !

Ses mains agrippaient mes épaules, ses yeux me fixaient intensément.

— *Je vous voyais marchant à côté de lui, dînant face à lui, dormant dans ses bras…*

Sa voix se brisa. Son regard virait au noir.

— *« Bianca est sa femme, pas la tienne », me répétais-je nuit et jour… « Tu n'as aucun droit sur elle. »*

— *Mais je suis venue, ai-je murmuré. J'ai souffert ce que vous avez souffert, douté comme vous avez douté, et pourtant j'ai couru vers vous et j'ai tout oublié dès que je vous ai vu. Mon cœur vous appartient, Christian.*

Il a desserré son étreinte, puis reculé d'un pas.

— *Je n'ai rien à vous offrir, Bianca.*

— *Si. Votre amour. Je ne veux rien d'autre.*

— *Je vous aime depuis le moment où je vous ai vue. Je ne cesserai jamais de vous aimer, m'a-t-il affirmé en se rapprochant pour me caresser la joue. Bianca, vous savez qu'il n'y a pas d'avenir pour nous. Jamais je ne vous demanderai d'abandonner vos enfants.*

— *Christian…*

— *Non, mon amour. Si je vous suppliais de vous enfuir avec moi, vous le feriez peut-être… Mais, ensuite, vous me haïriez.*

— *C'est faux. Je ne pourrai jamais vous haïr.*

— *Alors je me haïrais moi-même.*

Il m'a enlacée et m'a serrée tout contre lui.

— *Mais vous pouvez m'accorder l'été. Pendant quelques heures chaque jour, vous viendrez ici, je vous peindrai, et nous ferons semblant de croire*

que l'hiver ne reviendra jamais. Je m'en conten-
terai, je vous le promets.

Esquissant un sourire, il m'a embrassée avec
douceur.

Demain, et tous les jours suivants, je prendrai
donc le sentier qui mène à la falaise et je poserai
pour lui. Nous aurons au moins ces quelques
instants de bonheur quotidiens. Oh! comme je
voudrais que l'été ne finisse jamais!

4

— Bonsoir…

La voix douce, légèrement rauque et ultraféminine fit sursauter Sloan, absorbé depuis de longues heures dans ses croquis et ses calculs. Levant les yeux, il découvrit une ravissante créature, longue, fine, vêtue d'une robe fleurie et très transparente, le décolleté voilé par un rideau de boucles fauves. Sous des paupières lourdes, les yeux verts semblaient rêveurs, comme perpétuellement ensommeillés. Elle s'approcha de lui, la main tendue.

— Bonsoir, répondit Sloan en s'emparant des doigts fins et tièdes.

L'air répandait un parfum de tubéreuses.

— Je suis Lila, révéla l'apparition. J'aurais voulu vous rencontrer plus tôt.

— Moi aussi, rétorqua Sloan du tac au tac.

La jeune femme eut un petit rire de gorge, puis retira sa main à regret. Pour elle, la première impression était toujours la bonne. Or, Sloan lui plaisait. C'était définitif.

— Eh bien, il va falloir mettre les bouchées

doubles pour rattraper tout ce temps perdu ! remarqua-t-elle. Racontez-moi ce que vous avez fait.

— Oh ! j'ai cherché à me faire une idée de l'endroit, à imaginer un style qui lui conviendrait… Et vous ?

— J'ai essayé de me rendre compte si j'étais amoureuse.

— Et ?

— C'est non, soupira Lila.

Elle haussa les épaules et, détournant les yeux, passa un doigt négligent sur le bord de la table de billard dont Sloan se servait pour travailler.

— Qu'avez-vous en tête pour cette pièce, Sloan O'Riley ?

Celui-ci réfléchit un instant, en équilibre sur les deux pieds arrière de sa chaise cannée.

— Nous allons détruire ce mur-ci, pratiquer une ouverture dans celui-là pour relier la pièce à un bureau-bibliothèque, faire deux portes-fenêtres qui donneront sur un balcon, et le tour est joué ! Cette pièce deviendra un très joli salon.

— Un vrai coup de baguette magique !

— Oui. Enfin… après avoir mis en place les structures de base, bien entendu. Tenez, j'ai déjà quelques ébauches. J'ai l'intention de les soumettre à Trent et à votre famille.

Il poussa vers elle un paquet de feuilles quadril-lées sur lesquelles il avait dessiné des plans.

— Comme c'est étrange ! murmura Lila en balayant la pièce du regard. Cet endroit était totalement abandonné, voué à la destruction. Et maintenant, par un coup du destin, il va revivre.

Elle ferma les yeux.

— Je peux les voir tous, tels qu'ils étaient à l'époque…

— Qui ça ?

— Les invités de mon arrière-grand-père. Les hommes en smoking, fumant le cigare et discutant affaires. Les femmes en robe du soir, se racontant les derniers potins en vogue.

Elle souleva les paupières, pour darder son regard vert sur Sloan.

— Est-ce que vous tenez compte de tout ce qui s'est déroulé ici, dans vos croquis ?

Avec un sourire, Sloan dirigea le bout de son crayon vers une marque sur le sol.

— Absolument. Vous voyez cette tache brune, sur le parquet ? Eh bien, j'ai aussitôt imaginé un homme âgé, petit, bedonnant, avec moustache et monocle. Il agitait son cigare tout en parlant de la guerre en Europe. Ses interlocuteurs hochaient la tête en dégustant leur sherry. Dans le feu de la discussion, notre fumeur a laissé tomber son cigare, qui a brûlé cette lame de parquet.

Lila eut de nouveau son rire de gorge. Des étoiles dansaient dans ses yeux clairs.

— Oh, Sloan ! Vous êtes exactement l'homme qu'il nous fallait : le seul architecte capable de comprendre l'atmosphère des Tours et de la restaurer ! Vous voulez bien me montrer vos dessins, maintenant ?

— Je ne résiste jamais à une jolie femme, Lila. C'est une question de principe.

— Vous avez bien raison !

Elle se pencha pour examiner les croquis qu'il étalait sur la table de billard.

— Voici le plan d'une suite.

— Merveilleux !

En fait, il n'avait pratiquement pas touché à la chambre. Il prévoyait simplement de restaurer les fresques des murs et du plafond, les moulures et le parquet. En revanche, l'ancienne salle de bains — très grande, avec balcon et baignoire monumentale — était transformée en petit salon avec bar. Télévision, téléphone, fax, ordinateur et imprimante étaient réunis sur une seule colonne, dissimulés par un astucieux panneau de chêne clair. Dans le grand vestiaire attenant, Sloan avait dessiné une luxueuse et ravissante salle de bains, avec douche massante et Jacuzzi.

— C'est un exploit, Sloan. Vous êtes parvenu à concilier l'esthétisme du passé et le confort du présent ! Vous êtes un vrai magicien. Je comprends pourquoi Trenton s'est adressé à vous.

Elle lui posa une main légère sur l'épaule.

— Je me souviens que mes parents adoraient cet endroit. Ils avaient des projets pour le restaurer, juste avant de…

Après avoir observé un court instant de silence, Lila reprit d'une voix enrouée :

— J'aurais tellement aimé qu'ils puissent voir la restauration !

Emu, Sloan posa la main sur la sienne. C'est à ce moment précis que la porte s'ouvrit brusquement et qu'Amanda apparut sur le seuil. Elle eut un choc en les voyant tous les deux, les yeux dans les yeux, la main dans la main. Elle sentit immédiatement que quelque chose de spécial passait entre eux. Et le serpent de la jalousie eut vite fait de la mordre.

— Excusez-moi...

Sa voix était glacée. Elle fit deux pas dans la pièce.

— Je te cherchais, Lila.

— Tu m'as trouvée, remarqua paisiblement sa sœur sans s'écarter de Sloan. Je voulais rencontrer notre architecte.

— Je vois que c'est fait, déclara Amanda d'un ton sec.

Elle glissa les mains dans les poches de son jogging noir et prit l'air le plus détaché possible.

— C'est à ton tour de classer les papiers de famille.

— La corvée ! soupira Lila, avant d'adresser un sourire à Sloan. Dans cette chasse au trésor, les sœurs Calhoun sont devenues les dignes émules de Sherlock Holmes !

— C'est ce qu'on m'a dit.

— Peut-être qu'en abattant l'un de ces murs, c'est vous qui découvrirez les fameuses émeraudes...

Avec un nouveau soupir, elle s'écarta enfin et se tourna vers sa sœur.

— Amanda, tu devrais jeter un coup d'œil aux croquis de Sloan. Ils sont superbes.

— J'en suis sûre.

Le ton de sa sœur alerta Lila qui, surprise, haussa un sourcil. Tiens donc ! Amanda et Sloan... Elle réprima un petit sourire machiavélique.

Taquiner ses sœurs était un plaisir auquel elle n'avait jamais pu résister. Aussi se pencha-t-elle et embrassa-t-elle Sloan sur la joue.

— Bienvenue aux Tours, murmura-t-elle en papillonnant de ses longs cils.

Sloan devina aussitôt ce qu'elle manigançait. Sous un air rêveur et à moitié endormi, les rouages du cerveau de la jolie Lila tournaient à plein régime.

— Merci. Je m'y sens déjà presque chez moi.

Un sourire complice aux lèvres, Lila hocha la tête. Puis elle traversa la pièce, le pas souple et la démarche sinueuse.

— Je te retrouve tout à l'heure dans la bibliothèque, lança-t-elle à Amanda, avant de s'éclipser, très fière d'elle-même et du petit tour qu'elle venait de lui jouer.

— C'est votre nouvel uniforme ? demanda Sloan à Amanda.

D'un air paisible, il contemplait la jeune femme qui se tenait au milieu de la pièce, les sourcils froncés, les lèvres serrées, les poings enfoncés dans les poches de son pantalon.

— Je ne travaille pas avant 14 heures, grommela-t-elle. J'aurai tout le temps de me changer.

— Il vous va bien, affirma Sloan, avant d'ajouter, en croisant les chevilles d'un air décontracté : Votre sœur me plaît.

— C'est ce que j'ai cru remarquer.

Sloan sourit largement.

— Que fait-elle, dans la vie ?

— De la botanique. Elle travaille dans le parc d'Acadia.

— C'est tout à fait le métier qui lui convient.

Comme si l'admiration qui perçait dans la voix de Sloan ne la gênait pas le moins du monde, Amanda haussa les épaules et marcha lentement vers la terrasse.

— Je pensais vous trouver en train de faire des calculs et de prendre des mesures... de la pièce, bien entendu, acheva-t-elle en lui lançant un regard perçant.

Cette fois, Sloan éclata de rire.

— Vous savez, Calhoun, vous êtes carrément craquante lorsque vous êtes jalouse !

— Je ne vois pas du tout de quoi vous parlez.

— Mon œil ! Mais ne vous inquiétez pas : c'est vous que je veux. Et pas une autre.

Pour lui, c'était sûrement un compliment. Pour Amanda, cela ressemblait à une insulte. Du moins, est-ce ainsi qu'elle voulait le voir.

— Vous me prenez pour un objet dans une vitrine ?

— Plutôt pour le gros lot.

Alors qu'elle ouvrait déjà la bouche pour le semoncer vertement, Sloan leva la main en signe de paix.

— Avant que vous ne sortiez de vos gonds... si on parlait affaires ?

— Je n'ai pas l'intention de me mettre en colère, mentit Amanda. Mais je ne vois pas quels intérêts nous pourrions avoir en commun.

— Trent m'a dit que c'est avec vous que je devrais... collaborer jusqu'à son retour. Il estime que vous êtes la grosse tête de la famille. De plus, vous connaissez l'hôtellerie.

Ça, c'était un langage qu'elle pouvait comprendre : logique, pratique, professionnel. Du coup, elle se calma aussitôt.

— Bien. Que voulez-vous savoir ?

« Combien de temps il me faudra pour abattre vos défenses », faillit répondre Sloan du tac au tac. Il se mordit la lèvre, se leva, farfouilla dans ses papiers et en retira quelques feuilles.

— Donnez-moi votre avis sur ces esquisses. Si elles vous plaisent, je les terminerai demain et je ferai chiffrer les travaux.

L'œil bleu d'Amanda s'alluma. Elle mourait d'envie de découvrir ces fameux dessins.

— J'ai fait les plans de deux suites et de la

salle à manger, expliqua-t-il en lui tendant les documents.

Elle les prit et les tint à la lumière pour mieux les étudier. Ses lunettes de vue lui manquaient.

Tout comme Lila, les croquis l'impressionnèrent. Oui, Sloan avait réussi un tour de force : basés sur des calculs précis, ordonnés selon une architecture rigoureuse, les plans conciliaient un décor grandiose très XIXᵉ siècle et les exigences d'un service hôtelier des plus modernes.

— Vous travaillez vite, remarqua-t-elle avec étonnement.

— Trent est pressé. Et moi non plus, je n'aime pas perdre mon temps.

Amusé, il la regarda rejeter une mèche derrière son oreille, non pas d'un mouvement lent comme Lila l'avait fait, mais d'un geste vif, précis.

— Qu'est-ce que c'est ?

— Quoi donc ? demanda Sloan, occupé à humer avec délices le parfum frais et tonique de la jeune femme.

— Mais ça, voyons.

Du bout de l'index, Amanda tapotait un angle du dessin.

— Hmm… C'est un ancien escalier. Celui des domestiques.

Sloan, qui s'était penché par-dessus son épaule, lui prit le doigt pour lui faire suivre le plan, savourant le contact de sa paume contre la peau satinée d'Amanda.

— Vous voyez, ici nous ajoutons une porte, et là une séparation. Ce qui nous permet d'avoir une suite double : deux chambres, deux salles de bains, un salon…

— Très joli, murmura Amanda.

La main de Sloan sur la sienne la mettait mal à l'aise. Elle tenta de se dégager, mais ne réussit qu'à enlacer leurs doigts.

— Je… je suppose que vous allez demander des devis ?

— J'ai déjà pris rendez-vous avec des entre-preneurs.

Quelque chose d'anormal arrivait aux jambes d'Amanda. Elles tremblaient légèrement, comme si elle venait de courir un marathon. La mécanique de son cerveau se bloquait par endroits. Quant à son cœur, il sautait dans sa poitrine comme un lapin pris au piège.

— Apparemment…, commença-t-elle en se tournant vers Sloan.

Voilà que sa voix la lâchait aussi ! Elle était devenue basse, rauque, étrange. Elle toussota pour l'éclaircir.

— … vous savez ce que vous faites, termina-t-elle.

— Tout à fait.

« Oh oui ! » songea Amanda en plongeant son regard dans les yeux gris-vert de Sloan qui s'assombrissaient de seconde en seconde. Il savait parfaitement ce qu'il faisait. Le pire, c'est qu'elle se sentait succomber, défaillir — non pas parce qu'il le voulait, lui, mais parce qu'elle en avait envie, elle. Surgie du plus profond d'elle-même, une sorte de tiédeur, de chaleur, l'envahissait peu à peu, la faisait insensiblement glisser vers lui… Les lèvres tout près des siennes, il l'attendait, la regardait sans bouger, souhaitant de toutes ses forces qu'elle fît enfin ce pas vers lui, en toute liberté.

Elle allait craquer lorsque, soudain, l'image lui revint à la mémoire.

A peine dix minutes auparavant, il avait eu exactement la même attitude avec sa sœur Lila. Les visages tout proches, les doigts enlacés. L'imbécile ! Comment avait-elle pu se laisser manipuler ainsi comme une marionnette ? Elle le savait pourtant, qu'il était un coureur impénitent ! Un homme à femmes, jouant probablement avec les sentiments de ses conquêtes pour mieux les posséder, et les quitter ensuite sur une pirouette.

Elle se redressa brusquement et, d'un geste vif, retira sa main de la sienne.

— Que se passe-t-il ? murmura Sloan, à la fois surpris et frustré.

— Rien.

— Allons donc, Amanda… Vous étiez à deux doigts de m'embrasser, je le voyais dans vos yeux. Pourquoi reprenez-vous cette attitude glacée ?

Glacée ? releva Amanda avec amertume. Elle aurait bien voulu l'être. Son corps était en feu !

— Votre ego vous joue des tours, mon cher. Et en plus, vous êtes aveugle ! Si vous avez envie de flirter, ce n'est pas moi que vous devriez choisir comme partenaire, mais plutôt ma sœur Lila.

Sloan avait pris très tôt l'habitude de se contrôler. Avec son tempérament extrémiste, et parfois même violent, c'était obligatoire. Mais Amanda avait le don de le mettre à rude épreuve !

— Vous voulez dire qu'il n'y a qu'à demander Lila pour l'obtenir ?

Aussitôt, les yeux de la jeune femme se zébrèrent d'éclairs.

— Vous ne savez rien de ma sœur, O'Riley ! Comment osez-vous en parler ainsi ?

— Je ne fais que répéter ce que vous m'avez dit.

— J'ai le droit de dire ce que je veux, pas vous. Et en plus, vous interprétez mes paroles. Lila est d'une nature généreuse et sensible. Si jamais vous la blessez, je...

— Du calme ! l'interrompit Sloan en levant les mains en signe de reddition. Faites-moi une scène si ça vous chante, Calhoun, mais que ce soit au moins pour quelque chose de réel ! Primo, je ne suis pas un coureur comme vous semblez le penser ; secundo, je n'ai aucune envie de flirter avec Lila.

Le menton relevé, Amanda le toisa.

— Ah ? Et pourquoi ? Qu'est-ce que vous osez reprocher à ma sœur ?

— Rien ! répliqua Sloan avec un soupir exaspéré. Bon sang, Calhoun... Vous êtes aussi givrée que vos ancêtres, ou bien vous le faites exprès rien que pour m'embêter ?

— A vous de choisir! grommela-t-elle.

En fait, Amanda était surtout gênée. Elle s'approcha de la fenêtre et contempla le paysage sans le voir. C'était la première fois depuis de longues années qu'elle perdait ainsi tout contrôle d'elle-même. Elle s'était laissé embarquer dans une fausse querelle. Et pourquoi? Parce qu'elle était jalouse, tout simplement! Oui, la froide Amanda, habituée à faire face avec un parfait sang-froid à tous les coups de sang des clients de l'hôtel et aux réactions imprévues d'une famille hypersensible et un brin cinglée — ainsi que l'avait si justement remarqué Sloan —, s'était transformée en tigresse. Elle avait vu rouge et avait rué dans les brancards, toutes griffes dehors.

Et tout ça pour trois fois rien!

Lentement, elle se retourna vers Sloan. Elle allait remettre la conversation sur un terrain purement professionnel. Là, elle serait saine et sauve.

— Nous parlions de vos croquis, je crois. Vos dessins me plaisent.

Sloan la dévisagea, stupéfait. Son visage lisse, son regard clair et froid, sa voix presque aimable ne laissaient rien filtrer de la scène qu'ils venaient d'avoir.

— Je vous admire, Amanda. Vous êtes capable de vous recomposer en un clin d'œil alors que vous êtes en train de bouillir intérieurement, observa-t-il avec amusement. Mais vous avez raison. Parlons business.

Soulagée, elle lui sourit.

— Trenton et moi avons discuté du budget relatif aux travaux, annonça-t-elle. Etant donné qu'il sera sans doute en pleine lune de miel lorsque nous commencerons à recevoir les devis, il m'a demandé de les examiner avec vous. Vous serez responsable de ceux qui concernent la partie hôtelière. C'est moi qui déciderai des travaux à exécuter dans l'aile que nous habitons. En fait, je ne veux y entreprendre que les plus importants.

— Pourquoi ? Votre maison est très belle et elle mérite d'être restaurée.

— Les Calhoun et les St. James sont partenaires à égalité dans le projet d'hôtel. Nous apportons la propriété, ils offrent le capital. Mais nous avons décidé de ne pas profiter du fait que Catherine épouse Trent.

— Il n'est pas du genre à se laisser marcher sur les pieds, Amanda. Et je crois qu'il a envie de restaurer la maison…

— Je sais, acquiesça la jeune femme en souriant. Et nous apprécions sa générosité. Néanmoins, c'est aux Calhoun qu'il appartient de résoudre le problème des Tours. Dans l'immédiat, nous réparerons la plomberie, l'électricité et certains plafonds. Lorsque l'hôtel sera lancé et que nous commencerons à faire des bénéfices, nous pourrons nous offrir le ravalement des façades et les travaux de décoration.

Sloan hocha la tête. Ce n'était pas uniquement

l'orgueil qui dictait la conduite d'Amanda et de ses sœurs. C'était aussi une certaine intégrité. Décidément, cette famille lui plaisait de plus en plus !

— C'est un choix que je respecte. Je m'occuperai donc de la tour ouest, et vous vous arrangerez avec Trent pour les autres devis.

— Parfait. Cependant, si vous avez le temps, j'aimerais que vous me donniez une idée du montant des travaux qui sont les plus urgents chez nous.

Sloan faillit rétorquer qu'il était architecte, et non entrepreneur. Mais comment résister à la douceur subite d'Amanda ?

— D'accord.

— Merci. Et c'est à moi que vous communiquerez l'évaluation. A personne d'autre.

Il eut un sourire en coin.

— C'est vous le chef !

Les lèvres d'Amanda s'incurvèrent doucement. Avec joie, elle songea qu'ils commençaient enfin à se comprendre, tous les deux !

— J'ai encore une petite chose à vous demander…

— Demandez-moi tout ce que vous voulez, Amanda, susurra Sloan d'une voix veloutée.

Amanda rosit brusquement.

— Euh… J'ai mis au point la cérémonie du mariage, ce matin. Comme il semblerait que Trent vous a choisi comme témoin, j'ai laissé votre liste à tante Coco. Vous pourrez la lui réclamer.

— Ma liste ?

— Oui, avec vos horaires, vos responsabilités et quelques informations — comme les coordonnées du photographe, des musiciens ou celles du bijoutier chez qui Trent a acheté les alliances, au cas où il les oublierait sous le coup de l'émotion. J'ai aussi noté pour vous les adresses de trois boutiques qui louent des jaquettes.

Du regard, elle parcourut la silhouette massive de Sloan, comme si elle le mesurait mentalement.

— Je crois que vous aurez au moins un essayage à faire, ajouta-t-elle.

— Vous êtes vraiment d'une efficacité impressionnante, Calhoun.

— Je sais, acquiesça Amanda avec un petit sourire satisfait. Bon, je vous laisse travailler. Moi, je vais rejoindre Lila dans la bibliothèque. Si vous avez besoin d'autres informations, je serai au Bay Hotel tout l'après-midi.

— Oh ! je saurai bien vous trouver. Bonne chasse au trésor !

La jeune femme s'éclipsa sous le regard pensif de Sloan. Il l'imaginait dans la bibliothèque, entourée de cartons poussiéreux contenant toutes les archives familiales. Nul doute qu'elle avait inventé un système de classement des plus efficaces, songea-t-il. Avait-elle seulement une idée du charmant contraste qu'elle offrait, tandis qu'elle cataloguait sur ordinateur des archives exhumées d'un lointain passé pour faire revivre une légende ?

Amanda ne découvrit aucune piste, ce matin-là. Lorsqu'elle arriva au Bay Hotel, elle avait déjà travaillé cinq bonnes heures. Des heures qui allaient bientôt se compter par centaines, songea-t-elle avec amertume en garant sa voiture dans le parking réservé au personnel.

Lorsqu'elle avait décidé de partir à la chasse au collier, elle s'était promis de ne jamais se décourager. Jusqu'à présent, elle n'avait retrouvé que le reçu du bijoutier donné à Fergus le jour où il avait acheté le bijou, et une phrase mentionnant les émeraudes dans le journal intime de Bianca. Pour l'esprit pratique d'Amanda, c'était déjà beaucoup. Cela prouvait que le collier avait vraiment existé et qu'il n'avait probablement pas quitté Les Tours.

A en croire les déclarations de certains, Fergus avait jeté le fameux collier à la mer. Pour Amanda, qui avait eu en main les livres de comptes de Fergus, c'était impossible. Son ancêtre semblait un tantinet grippe-sou, et même lorsqu'il donnait ses fabuleuses réceptions, chaque dollar dépensé était consigné avec soin. Jamais il n'aurait jeté une telle fortune dans l'océan.

De plus — et cela, Amanda ne l'aurait jamais avoué, même sous la torture —, elle avait envie de croire à la légende. Sous son tailleur pimpant battait un petit cœur de midinette. Entre ses rendez-vous professionnels, elle se gardait toujours quelques minutes pour rêver à l'amour follement romantique de son arrière-grand-mère pour le

beau Christian. Pour elle, jeune femme moderne,
le collier d'émeraudes ne représentait pas une
somme fabuleuse, il symbolisait la passion, la
vraie, celle qui dévore l'individu, le consume, lui
fait tout oublier, tout sacrifier...

En apparence, perchée sur son tabouret, ses
lunettes sur le bout du nez, Amanda organisait
et classait les archives avec logique, pour se
donner toutes les chances de découvrir un héritage
important.

En réalité, toute seule dans la bibliothèque,
elle versait parfois une petite larme en déchif-
frant les papiers jaunis couverts de l'écriture fine
de Bianca. Elle se sentait une telle affinité avec
la jeune femme qui avait tout risqué pour vivre
son amour... et finalement en mourir. Quel lien
étrange, mystérieux, unissait les deux amants ?
Pouvait-on réellement éprouver un tel sentiment,
se sentir si proche d'un être que vivre sans lui
devenait impossible ?

Oui, songea Amanda en s'emparant du cahier sur
lequel les hôtesses enregistraient les réservations,
Bianca représentait une énigme plus attirante, plus
bouleversante, que toutes les émeraudes du monde.

— Amanda ?

— Hmm... Une minute, murmura-t-elle.

Elle acheva de faire le total des réservations
pour le mois d'août. Satisfaite, elle leva la tête.

— Wow ! s'exclama-t-elle. Eh bien, Karen,
vous avez gagné un concours de beauté, ou quoi ?

La tête brune de l'hôtesse disparaissait en effet derrière un énorme bouquet de roses.

— Elles ne sont pas pour moi, soupira Karen en lui tendant une petite carte. Elles sont pour une certaine Amanda Calhoun.

— Hein ? Vous êtes sûre ?

— Oui. Et je les ai comptées. Il y en a trois douzaines. Plus une, ajouta Karen.

Avec un large sourire, elle désigna du menton la rose rouge sur le comptoir.

« Sloan, sûrement », songea Amanda avec un petit soupir. Comment pouvait-elle le classer et l'étiqueter une bonne fois pour toutes ? Avec son air suffisant, éternellement content de lui, il la mettait en fureur, et l'instant suivant, il lui faisait un compliment ou lui envoyait des fleurs, comme un parfait gentleman ! D'ailleurs, comment avait-il deviné qu'elle aimait les roses rouges à peine écloses ? Elle ne l'avait même pas remercié pour celle qu'il lui avait offerte la veille.

— Vous pourriez peut-être lire la carte, suggéra Karen, les yeux brillants d'excitation. Si vous ne me dites pas qui vous les a envoyées, je vais être distraite et mon travail va en souffrir. L'horrible M. Stenerson va me renvoyer, et ce sera votre faute !

— Je sais déjà qui me les envoie, murmura Amanda. C'est tellement gentil de sa part… Oh !

Eberluée, elle relut le nom sur le petit carton blanc. Ce n'était pas celui de Sloan. La vivacité de sa déception la stupéfia.

— Alors ? demanda Karen dans un souffle.

Amanda lui tendit la carte sans un mot.

— « Avec tous mes remerciements. William Livingston », lut Karen. Oh, oh ! De quoi vous remercie-t-il tellement ?

— Je lui ai trouvé un fax.

— Un fax, répéta Karen, incrédule. Quand je pense que, dimanche dernier, j'ai passé l'après-midi à mijoter un dîner pour deux, et tout ce que j'ai eu en remerciement, c'est une mauvaise bouteille de vin rouge !

Avec une moue, elle rendit la carte à Amanda. Celle-ci la tapota sur le bord du comptoir en fronçant les sourcils.

— Bon. Il va falloir que je le remercie, maintenant.

— Si vous voulez, je peux le faire de votre part, proposa Karen d'un ton mielleux.

— Non..., répondit Amanda.

Elle se saisit du téléphone.

— Filez ! chuchota-t-elle à son assistante qui, déjà, tendait l'oreille.

— Oh ! vous n'êtes vraiment pas drôle ! dit Karen, dépitée, avant de s'éclipser.

— Monsieur Livingston ? Ici Amanda Calhoun. Je souhaitais vous remercier de vos fleurs. Elles sont très belles.

— Oh, ce n'est rien. Je tenais à vous montrer combien j'apprécie votre aide. En fait...

Il hésita.

— Oui ?

— J'aimerais encore vous demander un service, Amanda.

— Mais bien sûr.

Aussitôt, Amanda prit un bloc, un stylo, prête à noter.

— Je vous écoute...

— Pourriez-vous dîner avec moi ?

— Pardon ?

— Je voudrais vous inviter. Ce soir, par exemple. J'ai horreur de manger tout seul.

— Je suis désolée, monsieur Livingston. Les membres du personnel n'ont pas le droit de sortir avec les clients.

— Il y a peut-être des exceptions ?

— Aucune. Malheureusement, ajouta Amanda avec tact.

— Je vous rappelle dans dix minutes, Amanda.

La jeune femme fixa le combiné en clignant des yeux. Il avait raccroché. Haussant les épaules, elle le remit en place et retourna à son travail.

Dix minutes plus tard, le crâne chauve de M. Stenerson fit son apparition dans l'entrebâillement de la porte située derrière le comptoir.

— Mademoiselle Calhoun ! aboya-t-il. M. Livingston souhaite vous inviter à dîner. Vous êtes libre d'accepter. Naturellement, je vous demanderai d'avoir une conduite irréprochable...

— Mais...

— Et que cela ne devienne pas une habitude !

— Je...

« Vlan ! » fit la porte en claquant. A peine Stenerson avait-il disparu que le téléphone sonna.

— Amanda ? 20 heures, cela vous convient ?

Elle réprima un soupir. Elle détestait se sentir manipulée. Et là, elle avait franchement l'impression d'être une marionnette ! Alors qu'elle était sur le point de refuser, elle se rendit compte qu'elle caressait du bout des doigts la rose rouge qui s'épanouissait dans le soliflore.

— Je travaille jusqu'à 22 heures, ce soir. Peut-être demain...

— Parfait. Où devrai-je vous prendre ?

Avec sa précision habituelle, Amanda indiqua le chemin qui menait aux Tours.

5

Sloan fut prévenu du retour de Trent par les cris de joie qui résonnèrent dans toute la maison. Même Fred, le gros chien noir, qui ressemblait davantage à un paillasson qu'au meilleur ami de l'homme, se mit à aboyer frénétiquement pour l'accueillir.

Le joyeux tumulte venait de la bibliothèque, tout au fond du couloir. Sloan posa son carnet et décida de se joindre à la mêlée.

En arrivant sur les lieux, son œil d'architecte apprécia les détails de la scène avec amusement. Son ami était au milieu de la pièce, le chien tournoyant autour de lui en une folle sarabande, tandis que Jenny agrippait son pantalon de flanelle grise et qu'Alex tenait fermement la manche de son blazer marine. Face à lui, Coco, Lila et Suzanna s'exclamaient et le questionnaient toutes les trois en même temps. Seule Catherine, le visage radieux, blottie contre lui, ne disait rien.

Un cri, juste au-dessus de lui, leur fit lever la tête. Amanda arriva en dévalant l'escalier comme un grenadier qui charge l'ennemi. Sloan la regarda débouler dans la pièce et songea que jamais il ne l'avait vue aussi gaie et détendue.

— Te voilà enfin ! s'exclama-t-elle. Aurais-tu oublié que tu te maries dans trois jours ? J'étais sur le point de te faire kidnapper par une armée de mercenaires, Trent !

— Je savais que je pouvais compter sur toi, lui répondit Trent avec le sourire.

— Elle nous a fait des listes, déclara Coco. Des kilomètres de listes. C'est terrifiant !

— Merci de t'être occupée de tout, Mandy.

Trent lui planta un gros baiser sur la joue.

— Kéke-tu-m'a-apoté ? babilla Jenny avec excitation.

— Voilà une vraie mercenaire ! s'exclama Suzanna en riant.

Elle prit sa fille dans ses bras pour la calmer. C'est alors qu'elle remarqua Sloan. Le rire s'étrangla dans sa gorge. Son imagination lui jouait-elle des tours, ou bien le regard de Sloan se durcissait-il chaque fois qu'il l'apercevait ? Dans ce cas, quelle raison avait-il de la détester à ce point ?

Sloan détourna lentement les yeux, un rictus amer aux lèvres. Comment cette jeune femme blonde, mince et élancée, au teint pâle et aux grands yeux clairs, à l'air à la fois doux et fragile, pouvait-elle dissimuler tant de dureté et de mesquinerie ? Au fond, elle n'était qu'un monstre de duplicité. Il la haïssait pour le mal qu'elle avait fait à sa petite sœur chérie, sept ans plus tôt.

— Sloan ! l'interpella gaiement Trent.

La voix de son ami lui rendit aussitôt le sourire. Ils se serrèrent la main avec effusion.

— Quelle mine ! Tu es bien sûr que tu reviens de Budapest et non de Tahiti ? plaisanta Trent.

Celui-ci vivait entouré d'un nombre considérable de collègues, associés et relations en tout genre, mais la seule personne en qui il avait une confiance totale et qu'il considérait vraiment comme un ami était Sloan.

— Je suis rudement content de te voir !

— Moi aussi.

Sloan fit un clin d'œil en direction de Catherine, toujours blottie contre Trent.

— Et je constate que tu commences enfin à avoir bon goût !

— Sloan me plaît, murmura Catherine à l'oreille de son fiancé.

— C'est ce qu'elles disent toutes, rétorqua-t-il en riant.

Il l'embrassa tendrement et se retourna vers son ami.

— Et ta famille, Sloan ?

Le regard de Sloan dériva une fraction de seconde vers Suzanna, puis revint à Trent.

— Bien, murmura-t-il.

— Euh... Vous devez avoir beaucoup de choses à vous dire, tous les deux, bredouilla Suzanna, subitement gênée. Venez, les enfants. On va faire une petite promenade avant de dîner.

— Pendant ce temps, les adultes vont prendre un verre, déclara Coco. Allons dans le petit salon.

Amanda posa une main sur le bras de Sloan tandis que les autres sortaient de la pièce.

— Attendez…

— Je ne fais que cela, Amanda ! assura-t-il avec un clin d'œil.

Elle secoua la tête, sans même chercher à relever l'allusion.

— Qu'est-ce que vous reprochez à Suzanna ?

L'humour disparut d'un coup du regard de Sloan.

— Rien. Pourquoi ?

— On dirait que vous la détestez.

— Vous vous faites des idées, Amanda.

— Ma sœur est la personne la plus douce, la plus gentille que je connaisse.

— Et alors ? lança Sloan en réprimant un ricanement. Je n'ai jamais dit que je lui reprochais quelque chose.

— Non, mais cela se voit. Et vous ne voulez pas en parler.

— Je préfère parler de nous, Amanda.

Il appuya les mains de chaque côté de la tête d'Amanda, sur le mur contre lequel elle s'était adossée.

— Nous ?

— Parfaitement. Vous et moi. Pourquoi ne me souriez-vous jamais comme vous souriez à Trent ?

— Parce que j'aime bien Trent !

— C'est curieux. La plupart des gens me trouvent plutôt aimable…

— Ce n'est pas mon point de vue.

— Votre point de vue est déformé par la distance. Rapprochez-vous un peu.

Amanda ne put s'empêcher de rire. Sloan était plus obstiné, plus têtu qu'un bouledogue ! Il n'abandonnait jamais.

— Je suis assez près comme cela, murmura-t-elle, le souffle court.

Elle était beaucoup trop près. Entre les bras de ce géant, elle se sentait petite, menue, fragile… Elle avait envie de se blottir contre lui comme elle avait vu Catherine le faire avec Trent. Se rendait-il seulement compte qu'il avait le don d'abattre tous les murs qu'elle avait soigneusement érigés depuis son enfance entre elle et le monde extérieur ? La perte de ses parents, son sens inné des responsabilités l'avaient fait grandir, mûrir trop vite. Seul esprit vraiment pratique et raisonnable de la maisonnée, elle avait dû prendre en charge très tôt la gestion des affaires familiales. Et voilà que son brillant cerveau se transformait en gélatine sous un regard gris-vert, que son corps discipliné s'amollissait comme du caramel contre un torse solide…

— Hum… En fait, dit-elle d'une voix légèrement enrouée, « aimable » n'est pas le qualificatif qui vous convient, Sloan. Moi, je vous traiterais plutôt de suffisant, vaniteux, tenace…

— Tenace. Là, je suis d'accord.

Il se pencha un peu plus vers elle.

— Vous m'y obligez, Amanda. Il faut bien que je me débrouille pour faire tomber toutes les murailles dont vous vous entourez…

Une main à plat contre le torse de Sloan, elle l'empêcha de l'étreindre davantage.

— Vous risquez de vous taper la tête contre ces fameux murs et d'y laisser votre raison !

— En effet. Mais le risque en vaut la peine lorsqu'on sait qu'une femme vous attend derrière, le regard plein de passion.

— Je n'ai pas ce regard-là !

— Oh si… Lorsque vous oubliez votre attitude professionnelle, vous me faites les yeux doux, Amanda. Et vous me dévisagez avec tant de désir et de curiosité que j'ai bien envie de vous prendre dans mes bras et de vous emporter vers un coin tranquille. Là, je pourrais enfin satisfaire votre fameuse curiosité…

Amanda imaginait la scène avec tant de précision qu'elle en rougit. Sloan la piégeait de plus en plus étroitement entre ses bras musclés et son large torse. Elle n'avait plus qu'une solution : la fuite.

— Euh… Il est temps que je me change, Sloan. Je ne voudrais pas être en retard…

— Vous retournez à l'hôtel, ce soir ?

— Non.

Souple et vive, Amanda se glissa sous son bras.

— Ce soir, je sors avec quelqu'un !

Et, le plantant là, médusé, elle s'élança vers l'escalier.

Cela faisait bien vingt minutes que Sloan arpentait le salon. Les yeux rivés au parquet de chêne ciré, le front barré d'un pli et le regard furieux, il grommelait des paroles sans suite. Non, il n'attendait pas Amanda. Pas question qu'il reste planté là comme un idiot pendant qu'elle s'esquiverait tranquillement au bras d'un autre homme ! Il avait des tonnes de choses à faire : dîner en famille avec son meilleur ami et savourer la cuisine exquise de tante Coco, discuter des plans qu'il avait ébauchés autour d'une bonne bouteille de cognac... Tant pis si Amanda Calhoun était assez folle pour l'évincer, lui, Sloan O'Riley, et préférer un tête-à-tête avec un jeune crétin falot et prétentieux ! Car son rival ne pouvait être autrement. Amanda, qui résistait à ses avances, n'avait à l'évidence aucun goût.

Et puis, flûte ! Il n'allait pas en faire un drame. Elle était libre d'aller et venir à sa guise, tout comme lui. N'était-il pas un gentleman-né ? Il avait eu le coup de foudre, soit, mais il saurait attendre. Elle pouvait bien s'éclipser une heure ou deux pour dîner dehors. Il n'était pas jaloux. Pas le moins du monde...

Vroum ! Sloan bondit hors de la pièce, se précipita dans l'escalier, monta les marches deux à deux. Il venait d'imaginer Amanda dînant avec le crétin — et lui souriant par-dessus le marché ! Elle pouvait dîner, mais pas question qu'elle lui sourie !

Il pivota sur le palier, tourna dans le couloir.

— Calhoun ! appela-t-il d'un ton péremptoire en frappant à toutes les portes. Bon sang, Calhoun, il faut que je vous parle !

Alors qu'il arrivait au fond du couloir, Amanda ouvrit enfin sa porte.

— Que se passe-t-il ? demanda-t-elle, stupéfaite par tout ce raffut.

Sloan s'arrêta net et la dévisagea un long moment en silence.

Comment pouvait-on être aussi sexy ? songea-t-il, éberlué. Les cheveux de la jeune femme, légèrement bouclés, auréolaient son visage d'un halo mordoré. Son teint pâle et lisse faisait ressortir ses magnifiques yeux bleus, soulignés avec soin par le maquillage. Ourlée de rose foncé, sa bouche semblait le plus délectable des fruits... Elle portait un fourreau bleu nuit, court, moulant, sans manches, simplement retenu aux épaules par deux fines bretelles. Un petit boléro assorti allait avec, qu'elle tenait à la main. A son cou et à ses oreilles brillaient un pendentif et deux petites boucles en diamant.

Elle était divine.

Où diable était passée la jeune femme compétente et professionnelle ? se demanda Sloan, furieux.

Il avait devant lui la fille la plus classe, la plus
vamp, la plus sensuelle de toute la création. Avec,
par-dessus le marché, des jambes à vous dévisser
la tête ! constata-t-il en achevant de la déshabiller
du regard. Il était hors de question qu'il laisse le
moindre freluquet la toucher !

Le pied d'Amanda, moulé dans un escarpin de
daim noir, tapait déjà sur le parquet. Qui avait
jamais qualifié Sloan O'Riley d'aimable ? Elle
réprima une envie soudaine de se réfugier dans sa
chambre et de verrouiller sa porte. Il ressemblait
à un taureau furieux. Pourtant, elle n'agitait pas
le moindre chiffon rouge...

— C'est comme cela que vous vous habillez
pour un simple dîner ? gronda-t-il en avançant
vers elle.

Amanda releva son menton et lui jeta un regard
plein de défi. « Celui du matador à la bête qui le
charge ! » songea-t-elle.

— Ma robe ne vous plaît pas ?

En guise de réponse, il lui prit le bras et la fit
pivoter. Ce qu'il vit alors lui coupa le souffle. A part
les deux fines bretelles de satin, le dos d'Amanda
était nu jusqu'à la ceinture.

— Où est le reste ? demanda-t-il, hors de lui.

— Le reste de quoi ?

— De la robe, pardi !

Elle se retourna.

— Là, vous dépassez les bornes, Sloan.

— Annulez, murmura-t-il.

— Quoi donc ?

— Votre dîner. Inventez n'importe quelle excuse.

— Vous êtes fou.

« Si seulement elle savait combien c'est vrai ! se dit Sloan. Oui, je suis fou d'elle. Complètement ! Définitivement ! »

— Ma santé mentale est celle d'un homme qui vient de passer dix minutes avec vous, gronda-t-il.

Oui, cette fois il allait trop loin ! pensa Amanda. Beaucoup trop loin !

— Fichez-moi la paix, compris ? s'écria-t-elle en oubliant toute réserve. Ce soir, je dîne avec votre antithèse : un gentleman !

— Je vais vous laisser, promit alors Sloan. Mais d'abord, je vais vous donner de quoi réfléchir.

Alors, sans crier gare, il la plaqua contre le mur et l'embrassa à pleine bouche. Amanda tenta de le repousser, mais il la maintint fermement contre lui. Le feu du désir avait consumé le peu de raison qui lui restait. Et d'ailleurs, le moyen d'être raisonnable, face à Amanda ? Elle lui tournait la tête, le chamboulait comme un adolescent attardé, le grisait, l'enivrait, au point qu'il était incapable de se maîtriser.

Sous ses lèvres, dans ses bras, il la sentit se raidir. Puis elle se laissa aller contre lui, doucement d'abord, presque timidement, comme si son corps s'éveillait peu à peu sous la caresse de ses paumes.

Et soudain, ce fut l'explosion. Bouleversée par la fougue, la passion de Sloan, Amanda s'embrasa.

Tout son corps cherchait instinctivement à s'unir à celui de Sloan. Elle enfouit sa main fine dans sa crinière fauve, joignit ses lèvres aux siennes, entrouvrit la bouche, ferma les yeux, se cambra. Elle avait envie de cet homme, une envie si prodigieuse qu'elle lui coupait le souffle, la faisait tressaillir et trembler, la secouait de sensations toujours plus fortes, plus aiguës... Cet élan impérieux qui la poussait vers lui avait balayé toute colère, toute crainte, toute réserve. Elle n'était plus qu'un fétu de paille dans l'œil du cyclone, une simple femme prise dans le tourbillon vertigineux d'un désir fou.

Jamais elle n'avait ressenti une telle passion.

Lorsque Sloan s'écarta enfin, à bout de souffle, elle s'adossa au mur, sans force, haletante.

— Réfléchis bien à ce qui vient de se passer entre nous, Amanda, murmura-t-il.

Amanda réprima un petit gémissement. Par quelle magie, quel sortilège, la bouleversait-il ainsi ? Comment ce Tarzan hâbleur, ce cow-boy macho et suffisant, que l'on disait couvert de femmes, pouvait-il la transformer, elle, l'inaccessible tigresse, en une chatte voluptueuse, impétueuse, câline, et prête à ronronner ?

— Bravo, Sloan ! lui lança-t-elle d'une voix sourde. Vous avez réussi. Vous vouliez savoir si je vous désirais ? Eh bien, c'est oui ! Vous êtes content ?

Son regard embué de larmes plongea Sloan en

plein désarroi. Toute colère envolée, il la regarda, bouleversé.

— Amanda...

Elle se raidit. Elle était à deux doigts de craquer. Un soupçon de tendresse, un brin de douceur, et le reste de son fameux contrôle disparaîtrait pour de bon...

— Maintenant que votre orgueil de mâle est satisfait, auriez-vous l'obligeance de me laisser tranquille ?

Il recula d'un pas, l'air sombre.

— Ne comptez pas sur moi pour vous dire que je regrette, Amanda.

— Inutile. Mes regrets sont suffisants pour deux.

— Oh, te voilà, Amanda !

Lila était sur le palier et les observait d'un œil intrigué.

— Ton chevalier servant vient d'arriver.

— Merci, Lila.

Elle récupéra le boléro tombé à terre, fila dans sa chambre et saisit son sac, avant de se précipiter vers l'escalier — sans un regard pour Sloan.

— Vous avez l'air bien seul, tout à coup, remarqua Lila en s'approchant de Sloan.

Encore sous le choc des émotions qui s'agitaient en lui, il crispa les poings.

— Je vais descendre et le jeter dehors... après lui avoir rompu les os un par un.

Lila fit mine de réfléchir un instant.

— Je crois que ce serait dommage. Amanda

a un penchant pour les chiens battus. Elle serait capable de prendre sa défense.

Sloan jura à mi-voix, puis se mit à arpenter le couloir.

— Qui est-ce, Lila ? demanda-t-il d'une voix rauque.

— C'est la première fois que je le vois, lui répondit-elle en haussant les épaules d'un air nonchalant. Il s'appelle William Livingston.

— Comment est-il ?

— Très bien de sa personne. Excellente présentation, manières affables, costume élégant. Un brin snob, peut-être.

Sloan jura de plus belle.

— Bref, le parfait gentleman, constata-t-il, amer.

— En apparence, seulement.

La remarque de Lila et son air troublé l'étonnèrent.

— Que voulez-vous dire ?

— Il a de très mauvaises vibrations. Et une aura toute grise.

— Oh, Lila, soupira-t-il. Epargnez-moi ce charabia — surtout maintenant !

— Je suis votre alliée, remarqua la jeune femme en souriant, ne l'oubliez pas. Je suis persuadée que vous êtes exactement l'homme qu'il faut à ma trop sérieuse grande sœur !

Elle glissa une main sous le bras de Sloan.

— Détendez-vous, cow-boy ! Ce M. Livingston n'a aucune chance ! Amanda pense qu'il est son

type, mais je vous garantis qu'elle va être déçue.
J'ai une intuition infaillible ! Allons dîner, maintenant ! La truite au fenouil de tante Coco va vous
remettre les idées en place.

Amanda étudia la carte avec soin. William
avait choisi le restaurant avec un goût parfait :
ambiance feutrée, bougies et fleurs sur les nappes
blanches, personnel discret et efficace, et nouvelle
cuisine légère et sophistiquée. Ils avaient une vue
plongeante sur l'océan, qui rougeoyait des derniers
feux du soleil couchant. Bref, un décor de rêve
pour une soirée intime.

Elle reposa la carte tandis qu'il choisissait le
vin et tenta de se convaincre qu'elle allait passer
la plus délicieuse des soirées.

— Avez-vous pu faire un peu de voile, William ?
s'enquit-elle d'un ton léger.

— Pas encore.

Il goûta le vin, hocha la tête, satisfait, et attendit
que le sommelier ait empli le verre d'Amanda
avant d'ajouter :

— Vous pourriez peut-être en faire avec moi ?
Je louerai un voilier et nous visiterons les criques
tout autour de la baie.

D'un geste nerveux, elle déplia sa serviette, puis
la lissa sur ses genoux.

— N'oubliez pas que je fais partie du personnel
de l'hôtel. Je ne crois pas que...

— Nous avons déjà fait une entorse à la règle, lui rappela-t-il.

Comme elle prenait son verre, il saisit le sien et le fit tinter contre celui de sa compagne.

— Justement… Comment vous y êtes-vous pris ?

— Oh ! le plus simplement du monde ! J'ai donné le choix à M. Stenerson : soit il vous laissait sortir avec moi, soit je déménageais dans l'hôtel concurrent et vous invitais à mon gré. Il a tout de suite compris où était son intérêt.

— Je vois…

Amanda savoura une gorgée de vin, puis murmura, songeuse :

— Et tout cela pour un dîner.

— Avec vous. J'avais très envie de mieux vous connaître. J'espère que vous ne m'en voulez pas.

Quelle femme lui en voudrait ? Il était si charmant, si bien élevé, si séduisant… Elle lui sourit.

Et elle ne cessa de lui sourire tout au long du dîner. Il la charma, l'intrigua, la fit rêver, lui racontant à mi-voix ses voyages dans les pays les plus exotiques, dans les capitales les plus prestigieuses… Antiquaire et expert en objets d'art, il parcourait la planète à la recherche d'un tableau rare, d'un bibelot précieux, d'un meuble exceptionnel.

Parfois, les pensées d'Amanda dérivaient vers un autre homme, à la crinière léonine et au sourire canaille et charmeur. Elle se reprenait aussitôt et se concentrait avec une attention redoublée sur

William, décidée à apprécier coûte que coûte sa présence aimable et le repas fin qu'il lui offrait.

— Ainsi, le petit chiffonnier de bois de rose, près de la cheminée, commenta-t-il de sa voix suave. Savez-vous que c'est une pièce remarquable ?

— Merci. Il date de la Régence, je crois…

— Absolument. S'il avait été à vendre, je l'aurais acheté aussitôt.

— Mon ancêtre l'a fait venir d'Angleterre lorsqu'il a commencé à meubler Les Tours.

— Ah, Les Tours, soupira William.

Posant sa tasse de café, il adressa un sourire complice à Amanda.

— Quelle merveilleuse demeure ! Je suis encore sous le charme. D'ailleurs, elle est aussi belle que ses jeunes propriétaires, murmura-t-il en posant la main sur celle d'Amanda.

Celle-ci ne put s'empêcher de sourire.

— Nous y tenons énormément. Lors de votre prochain séjour, vous serez peut-être l'un des clients de notre futur hôtel ?

— Ah, c'est vrai. J'ai entendu parler de ce projet. Tout comme j'ai entendu parler de la légende qui circule à propos d'un bijou, je crois ?

Amanda hocha la tête et se pencha vers lui.

— Les émeraudes des Calhoun, chuchota-t-elle. Celles du collier de mon arrière-grand-mère.

— Ce doit être passionnant d'avoir une telle énigme à résoudre, avoua William en lui serrant la main. Surtout dans un aussi beau décor que Les

Tours. Pourquoi ne me laisseriez-vous pas vous aider à la découvrir ? Ou, du moins, permettez-moi de me servir de ce prétexte pour vous revoir.

— Je regrette, William, mais je ne vais plus avoir un moment de libre. Ma sœur se marie samedi prochain et je suis chargée d'organiser la cérémonie.

Avec un sourire, il regarda leurs mains jointes.

— Il nous reste dimanche, murmura-t-il. Et j'aimerais vraiment vous revoir…

Sur le chemin du retour, ils n'abordèrent que des sujets d'ordre général. Détendue, Amanda soupirait d'aise. Enfin un homme qui savait se conduire avec une femme ! Il la traitait avec respect, attention, gentillesse. Le contraire d'un certain barbare de sa connaissance qui l'avait plaquée contre un mur comme un sauvage pour lui arracher un baiser ! Au souvenir du regard affamé qu'avait eu Sloan lorsqu'il l'avait embrassée, elle frissonna. Et refusa de se demander si c'était de peur ou de plaisir.

Lorsque William coupa le moteur devant le perron des Tours, elle eut un pincement au cœur en constatant que la voiture de Sloan avait disparu. Haussant les épaules, elle attendit que son chevalier servant lui ouvre la porte.

— Merci pour cette exquise soirée, William, dit-elle en s'extirpant le plus gracieusement possible du coupé sport.

— C'est vous qui êtes exquise, murmura-t-il.

Il posa les mains sur les épaules nues d'Amanda

et lui effleura les lèvres d'un baiser. Un baiser tendre et doux… qui la laissa de marbre, à sa grande déception.

— Je ne peux vraiment pas vous revoir avant dimanche ? demanda-t-il d'une voix légèrement enrouée.

Son regard soudain sombre et brillant prouvait que lui, en revanche, avait apprécié le bref contact de leurs lèvres et de leurs corps.

Amanda secoua la tête.

— Je regrette, mais…

— A déjeuner, alors, coupa William en lui caressant la joue d'un doigt habile.

Il aurait pu aussi bien caresser une statue de pierre, songea Amanda. Le charme du beau William Livingston n'agissait pas sur elle. Dépitée, elle s'esquiva avant qu'il ne tente de l'embrasser de nouveau et s'élança vers les marches du perron.

— D'accord… si je peux me libérer. Encore merci pour ce soir !

William attendit que la porte se referme sur elle, puis se glissa derrière le volant, un sourire cynique aux lèvres. Il démarra, emprunta l'allée en sens inverse. Mais au lieu de sortir de la propriété, il se gara à l'ombre d'une haie et attendit.

Dans une heure environ, lorsque toutes les lumières seraient éteintes, il irait reconnaître les lieux, repérer les entrées… Si Amanda Calhoun pouvait lui servir de Sésame pour pénétrer dans la maison, tant mieux ! Tout le plaisir serait pour lui. Amateur de jolies femmes, il se ferait une joie d'allier l'utile à l'agréable et d'obtenir de la belle Amanda à la fois l'accès à son lit et aux informations qui lui permettraient de retrouver les émeraudes.

Décidément, son séjour dans l'île promettait d'être fructueux !

— Alors ? Comment fut ta soirée ? demanda Suzanna dès qu'elle aperçut Amanda.

— Oh… Tu ne m'as pas attendue, j'espère ?

— Non, mentit sa sœur. J'étais descendue dans la cuisine me faire un peu de lait chaud.

Amanda éclata de rire.

— Oh, Suzanna… Aucune de nous n'a jamais pu mentir sans rougir ! Et tu es aussi rose qu'une pivoine !

Vaincue, sa sœur haussa les épaules.

— Nous manquons d'entraînement, voilà tout.

Elles montèrent ensemble au premier étage, se dirigèrent vers le couloir qui menait aux chambres. Arrivée devant celle d'Amanda, Suzanna chuchota :

— Je peux te parler une minute ?

— Naturellement. Entre… Qu'y a-t-il ? demanda Amanda en ôtant ses escarpins. Tu as l'air épuisée !

— Oh, ce n'est rien… C'est la saison des réceptions, et tout le monde veut des bouquets au dernier moment. Je n'ai pas à me plaindre…

Suzanna soupira, puis regarda sa sœur droit dans les yeux.

— Puis-je te demander ce que tu penses de Sloan ?

Stupéfaite, Amanda écarquilla les yeux.

— Il a l'air sympathique, reprit Suzanna avant même qu'elle ait pu répondre. Les enfants l'adorent, ce qui est bon signe. Tante Coco lui mijote ses petits plats. Lila dit qu'il dégage d'excellentes vibrations, que son aura est claire. Catherine l'aime bien — et pas simplement parce qu'il est l'ami de Trent. Mais...

Elle s'arrêta soudain d'arpenter la pièce.

— Mais ? répéta Amanda dans un souffle.

— Je ne sais pas... C'est une impression difficile à expliquer. Chaque fois qu'il me regarde, je reçois une onde d'hostilité.

Elle haussa les épaules.

— Voilà que je parle comme Lila, maintenant !

— Non. J'ai ressenti la même chose, Suzanna. Je lui ai même demandé des explications.

— Et ?

— Il a tout nié en bloc. Je ne sais qu'en penser... C'est un drôle de personnage, mais je suis sûre qu'il est juste et intègre. Nous avons peut-être trop d'imagination. Notre sang irlandais nous joue des tours !

— Et nous sommes sur les nerfs à cause du mariage de Catherine, acquiesça Suzanna en hochant la tête.

Elle sourit à sa sœur, lui planta un baiser sur la joue.

— Cela m'a fait du bien de t'en parler, Amanda. Mais surtout, que ça ne t'empêche pas de dormir !

— Bonne nuit, Suzanna.

Quelques secondes plus tard, Amanda se glissait entre les draps avec un long soupir.

Elle se répétait que c'était stupide. Une simple toquade de mauvais goût pour un curieux bipède qui lui donnait le grand frisson, une trahison des sens, un léger déraillement du cerveau, bref, une histoire sans queue ni tête... Pourtant, elle savait déjà qu'un cow-boy d'une prétention infernale, un Tarzan qui avait si bien appris à parler qu'il n'y avait pas moyen de lui rabattre le caquet, un sauvage doué du magnétisme sexuel d'un don Juan allait la tourmenter jusqu'au petit matin.

La nuit risquait d'être très, très longue...

6

Boum! Amanda, qui accomplissait sa traditionnelle séance de natation du matin, venait de heurter un objet solide qui se baladait au milieu de la piscine. Elle leva la tête, reprit son souffle, rejeta ses cheveux en arrière et cligna des yeux, aveuglée par l'eau pleine de chlore. Comme elle promenait ses mains à tâtons sur l'objet en question, elle poussa un petit cri de surprise en constatant qu'il s'agissait d'un torse.

Apparemment ravi de la plaisanterie, Sloan l'observait d'un œil goguenard.

— J'espère que je ne vous dérange pas, mon cœur. Je pensais que vous préféreriez bavarder discrètement avec moi plutôt que de m'entendre vous hurler des choses peut-être intimes depuis le bord... Dans un hôtel, les murs ont souvent des oreilles.

Il avait touché une corde sensible. Amanda détestait se donner en spectacle.

— La piscine n'est pas ouverte au public avant 10 heures, marmonna-t-elle.

— Vous me l'avez déjà dit. En revanche, vous ne m'aviez pas dit que l'eau était glacée !

— C'est vrai... C'est d'ailleurs pour cela que je nage vite !

Joignant le geste à la parole, elle se lança de nouveau dans son crawl. Quelques secondes plus tard, comme elle tournait la tête, elle vit que Sloan l'avait rejointe. Son corps puissant, impeccablement musclé, fendait l'eau sans effort, adaptant à la perfection son rythme au sien.

Ils effectuèrent la longueur avec des gestes si harmonieux qu'ils en devenaient sensuels. Pour eux, la température de l'eau s'éleva de quelques degrés... Quand Amanda accéléra, Sloan la rejoignit aussitôt, toujours sans le moindre effort apparent.

Elle commençait à s'amuser. Elle qui adorait la compétition, elle avait trouvé pour une fois un adversaire à sa hauteur. Ils parcoururent ainsi longueur après longueur, l'esprit libre de toute pensée, le corps agissant comme une mécanique parfaitement huilée. Lorsqu'elle s'arrêta enfin, elle avait les poumons en feu et les muscles tétanisés par la fatigue. Sloan agrippa le bord de la piscine au même moment.

Rejetant d'un geste familier ses mèches en arrière, elle éclata de rire.

« Jamais elle n'a été aussi jolie », se dit-il, rêveur. Une vraie sirène, avec son corps élancé, ses cheveux plaqués, sa peau satinée, et son rire mélodieux qui résonnait dans l'air frais du matin.

Il désirait follement la prendre dans ses bras et l'étreindre avec passion… Mais durant sa nuit blanche, il s'était fait une promesse — qu'il avait l'intention de tenir.

Il lui sourit.

— Je crois que nous avons réussi à briser la glace, non ?

Amanda rit de nouveau, et elle appuya un instant la tête contre le bord en ciment pour le dévisager. Elle eut soudain envie de lisser les boucles folles qui retombaient sur son front, de toucher la peau tendue sur le torse musclé.

— J'aime la course, avoua-t-elle.

Sloan prit un air étonné.

— Parce que nous faisions la course ? Moi qui croyais que nous barbotions gentiment, histoire de nous rafraîchir un peu et de bien démarrer la journée…

Elle lui envoya de grandes giclées d'eau et, sans cesser de rire, se hissa sur le bord.

— Je dois m'en aller.

— Puis-je vous parler maintenant ? demanda alors Sloan d'un ton grave.

— Je ne tiens pas à me disputer, Sloan.

Amanda, qui ne riait plus du tout, se détourna pour prendre sa serviette.

— Je vous présente mes excuses, Amanda.

— Quoi ? fit-elle en se tournant vers lui, éberluée.

— Pardonnez-moi.

Il lui prit les épaules.

— Je me suis mal conduit hier soir. Je n'avais aucun droit de vous parler comme je l'ai fait. Ni de vous embrasser, acheva Sloan dans un souffle.

— Oh.

Amanda le dévisageait, incrédule, confuse.

— Normalement, remarqua-t-il, vous devriez me répondre : « D'accord, Sloan, j'accepte vos excuses. N'en parlons plus… »

— O.K. J'accepte vos excuses. Mais vous avez agi comme un sauvage, hier.

Il fit la grimace.

— Merci.

— C'est vrai, insista Amanda. Vous aviez l'air d'un taureau enragé. Vous grattiez le sol et la fumée vous sortait des naseaux…

— N'en rajoutez pas !

De nouveau, il devint soudain plus sérieux.

— Vous voulez savoir ce qui me rendait furieux ?

Amanda secoua la tête et voulut s'écarter. En vain. Sloan avait resserré la pression de ses mains sur ses épaules nues.

— C'est vous, Amanda. Je ne supportais pas l'idée de vous voir sortir avec un autre homme. Regardez-moi, je vous en prie.

Doucement, il lui releva le menton, jusqu'à ce qu'elle plonge les yeux dans les siens.

— Vous avez déclenché quelque chose en moi. Quelque chose que je ne peux plus arrêter. Je n'en ai d'ailleurs même pas envie.

— Je ne pense pas…

— Inutile de penser, Amanda. Ce que je ressens pour vous n'a rien à voir avec la pensée.

Son cœur s'affolait, ses jambes flageolaient… Amanda perdait pied.

— J'ai besoin de penser, murmura-t-elle d'une voix faible. Je suis née comme cela.

— Très bien. Alors je vais vous donner de quoi réfléchir. Je suis amoureux de vous.

Cette fois, la panique submergea complètement Amanda.

— Non. Ce n'est pas possible.

— Oh si ! Et vous le savez aussi bien que moi. Sinon, vous n'auriez pas ce regard de biche apeurée !

Il se pencha vers elle. Sa bouche n'était plus qu'à un souffle de celle de la jeune femme.

— Je ne vous demande pas quels sont vos sentiments à vous, Amanda. Pas encore. Je vous dis simplement quels sont les miens, pour que vous puissiez vous y habituer. Et maintenant, je vous propose de faire le tour de la baie en voiture, ce soir.

C'était tentant, reconnut Amanda. Elle s'imaginait avec Sloan, en train de contempler le soleil en train de se dissoudre dans l'océan du haut d'une falaise, les cheveux au vent et les doigts enlacés… Une vision merveilleusement romantique. Malheureusement, le devoir passait en premier.

— Je suis désolée, Sloan. Catherine enterre sa vie de jeune fille, ce soir. Nous faisons une petite fête entre sœurs. D'ailleurs…

Elle fronça légèrement les sourcils.

— C'est noté sur votre liste.

— Je l'avais oublié. Demain soir, alors ?

— J'ai rendez-vous avec le photographe, et ensuite j'ai promis à Suzanna de l'aider à arranger les fleurs. Après-demain, poursuivit Amanda avant que Sloan ne le demande, le père de Trent et quelques membres de la famille arrivent pour loger chez nous.

— Et samedi, c'est le grand jour.

Le regard rivé au sien, Sloan inspira longuement.

— Soit, fit-il. Mais après le mariage, gare à vous, Calhoun ! Vous me trouverez sur votre chemin partout où vous irez !

Avec un petit rire, Amanda pivota sur ses talons et lui lança par-dessus son épaule :

— Je vous ferai parvenir mon emploi du temps, O'Riley. J'aurai peut-être quelques minutes à vous accorder…

L'après-midi touchait à sa fin. Sloan profitait des derniers rayons du soleil pour achever les esquisses des murs extérieurs. Installé sur la terrasse, il redessinait à petits traits précis une porte-fenêtre lorsque Suzanna arriva, un grand panier de fleurs fraîches dans les bras.

— Oh ! excusez-moi ! murmura-t-elle en hésitant, un sourire aimable aux lèvres. Je ne savais pas que vous étiez là. Je… je dois décorer la terrasse pour notre petite fête de ce soir.

— J'ai presque fini.

— Oh, prenez votre temps, je vous en prie...

Et la jeune femme déposa le panier, avant de rentrer dans la maison.

Au cours des dix minutes suivantes, Suzanna passa et repassa devant Sloan, des fleurs plein les bras, dans un silence pesant. Finalement, elle déposa la dernière corbeille et se campa devant lui.

— Monsieur O'Riley... est-ce que nous nous étions déjà rencontrés avant que vous ne veniez ici ?

— Non, lui répondit Sloan sans même relever la tête.

— Alors... pourquoi agissez-vous comme si vous me détestiez ?

— Je ne vous connais pas, madame Dumont.

Suzanna avait en horreur les disputes et les confrontations en tout genre, qui la laissaient toujours désemparée. En cet instant, cependant, elle se sentait pleine de courage.

— Ecoutez, monsieur O'Riley, je suis ici chez moi, et vous êtes notre invité. Il n'y a aucune raison pour que je me sente gênée dans ma propre maison. Vous allez me dire ce que vous me reprochez.

Sloan laissa tomber son crayon sur sa planche à dessin et braqua sur elle un regard métallique.

— O'Riley... Ce nom ne vous dit vraiment rien, madame Dumont ?

— Non. Pourquoi ?

La mâchoire de Sloan se crispa, ses yeux se durcirent un peu plus.

— Je précise : Megan O'Riley. La mémoire vous revient, maintenant ?

Vaguement frustrée, Suzanna secoua la tête.

— Non. Je ne vois pas. Pourriez-vous m'expliquer ?

— Evidemment ! Il vous est facile d'oublier ! Après tout, qu'était-elle, pour vous ? Un problème dont vous vous êtes bien vite débarrassée !

— Mais de qui parlez-vous, à la fin ?

— De ma sœur Megan.

— Je ne connais pas votre sœur, assura Suzanna. Je ne l'ai jamais vue !

Sa réponse eut le don de faire enrager Sloan, qui se leva et s'approcha d'elle.

— Bien sûr ! Pourquoi auriez-vous pris la peine de la rencontrer ? Elle n'était qu'une gamine, et vous l'avez balayée d'un revers de main ! Et pour qui ? Pour un crétin, un goujat de la pire espèce. Au moins, ajouta-t-il avec un rictus amer, vous n'y avez rien gagné… Baxter n'est qu'une ordure. Et pourtant, elle l'adorait.

— Votre sœur ?

Suzanna le fixa, incrédule.

— Elle… aimait… Baxter ? demanda-t-elle dans un souffle.

— Ça y est, vous commencez à vous souvenir ! Pourquoi avez-vous fait cela ? Etait-ce par amour… ou pour l'argent ? Bon sang, elle n'avait que dix-sept ans et elle était enceinte ! Elle voulait tellement que Baxter voie l'enfant, ne fût-ce qu'une fois…

— L'enfant, répéta Suzanna, qui était blanche comme un linge.

— Elle l'avait cru de toute son âme, elle avait avalé chacun de ses mensonges sans jamais le remettre en question. Quand j'ai voulu lui casser la figure, Megan m'a fait promettre de ne pas le toucher. Mais vous... vous n'avez pas esquissé le moindre geste ! Vous l'avez totalement ignorée, comme si cette toute jeune fille et son bébé n'existaient même pas ! Et lorsqu'elle vous a suppliée au téléphone de laisser son fils voir son père une ou deux fois par an, vous l'avez menacée de lui enlever le bébé si elle avait le culot de vous rappeler !

Tout à sa colère, Sloan n'avait pas remarqué que Suzanna s'était mise à trembler et qu'elle respirait avec difficulté.

— Excusez-moi... Il faut... que je m'assoie, murmura-t-elle d'une voix à peine audible.

Il la dévisagea. Des gouttes de sueur lui perlaient au front, et ses yeux étaient fixes.

— Mon Dieu... Vous n'étiez pas au courant ! s'exclama-t-il.

La jeune femme leva sur lui un regard limpide qui le mit horriblement mal à l'aise.

— Comment s'appelle-t-il ? demanda-t-elle d'un ton calme.

— Qui cela ?

— L'enfant.

— Mais je ne crois pas...

— Allez-vous me le dire, oui ou non ? Il est

le demi-frère d'Alex et de Jenny, et je ne connais même pas son nom !

— Kevin. Kevin O'Riley.

— Quel âge a-t-il ?

— Sept ans.

Il y a tout juste sept ans, songea Suzanna en tournant lentement les yeux vers la mer, elle était entrée dans cette même pièce en robe blanche et long voile de mariée, les joues roses de bonheur, la tête pleine de rêves et le cœur gonflé d'espoir, prête à épouser l'homme qu'elle aimait…

— Et Baxter savait tout ? demanda-t-elle dans un souffle. Depuis le début ?

— Oui. Megan ne voulait pas nous révéler qui était le père, mais elle a craqué après vous avoir parlé au téléphone… En fait, ce n'est pas à vous qu'elle a parlé, n'est-ce pas ?

— Non.

Suzanna fixait toujours la mer.

— Sans doute était-ce la mère de Baxter…

— Pourrez-vous jamais me pardonner, Suzanna ?

— Vous n'avez rien à vous reprocher, Sloan. Si l'une de mes sœurs avait été dans ce cas, j'aurais agi de même. Je veux tout savoir… Que s'est-il passé ensuite ?

Elle encaissait mieux que ne le laissait prévoir son apparence fragile et douce, songea Sloan avant d'obtempérer.

— Après ce fameux coup de fil, Megan m'a tout raconté. Sa rencontre avec Dumont, à New York,

l'été précédent. Elle y avait passé trois semaines
chez des amis. Il y faisait un voyage d'affaires. Il
l'a sortie, emmenée au théâtre, au restaurant…
Bref, il l'a séduite. Elle était si jeune !

— Dix-sept ans, murmura Suzanna.

— Et terriblement naïve. Bien entendu, il lui
avait promis de l'épouser le plus vite possible. Il
devait la retrouver à Oklahoma City pour rencontrer ses parents. Lorsqu'elle est rentrée chez
nous, elle n'a plus entendu parler de lui. Elle a fini
par le joindre au téléphone. Il a prétendu qu'il était
retenu pour affaires, lui a promis de se libérer,
de la rejoindre… Et puis, elle a découvert qu'elle
était enceinte.

La voix de Sloan se brisa. Il se rappelait l'affolement de sa petite sœur, et sa propre colère à
lui, lorsqu'elle lui avait avoué son aventure. Il
aurait compris s'il s'était agi d'un jeune homme
fou amoureux… mais Baxter avait plus de trente
ans, et il n'avait pas hésité à profiter de la crédulité
et de l'innocence de Megan, n'avait pris aucune
précaution, et l'avait abandonnée ensuite, sans
remords ni regrets.

— Lorsqu'elle lui a annoncé la nouvelle, il a
changé d'attitude. Il l'a insultée, l'a traitée de tous
les noms… Et ma sœur a vu son univers s'effon-
drer autour d'elle. Elle s'est montrée courageuse.
Heureusement, notre famille est très unie. Nous
l'avons soutenue autant que nous l'avons pu.
Comme nous n'avons aucun problème d'argent,

Megan a reçu tous les soins nécessaires et n'a pas de souci à se faire pour l'avenir de l'enfant. C'est après la naissance qu'elle a tenté de contacter de nouveau Baxter. Elle voulait tellement que son fils sache au moins qui était son père ! Et elle est tombée sur vous. Du moins, le croyait-elle.

Sloan baissa la tête.

— Voilà, conclut-il. Vous savez tout, maintenant.

— Si j'avais eu la moindre influence sur Baxter, lui assura Suzanna, je l'aurais exercée pour qu'il voie son fils. Mais il ne voit même pas les enfants qu'il a choisi de reconnaître légalement…

Après un instant d'hésitation, Sloan finit par poser la question qui lui brûlait les lèvres :

— Comment une femme comme vous a-t-elle pu épouser un être aussi odieux et malfaisant ?

— J'ai eu dix-huit ans, moi aussi, lui répondit-elle avec un pâle sourire. Et j'étais probablement aussi naïve que votre sœur. Mais j'avais un avantage : Baxter voulait habiter Les Tours. C'est sans doute ce qui l'a décidé à m'épouser.

Elle s'interrompit.

— J'ai une faveur à vous demander, Sloan. Je voudrais que mes enfants rencontrent Kevin. Si votre sœur le permet, bien sûr.

— Elle en sera très heureuse, assura-t-il en souriant.

Suzanna hocha la tête. Ce soir, se promit-elle, elle laisserait le chagrin l'envahir. Ce soir, elle verserait quelques larmes sur la dernière trahison de Baxter. Puis elle reprendrait sa vie comme si de rien n'était, pour l'amour de ses enfants. Et d'ailleurs, à propos d'enfants...

— Jenny et Alex ont dû rentrer de l'école et sont probablement en train de faire enrager tante Coco, déclara-t-elle en consultant sa montre. Il faut que je m'en occupe.

Une fois seul, Sloan resta sur la terrasse. Alors qu'il profitait de ce silence apaisant depuis seulement quelques secondes, il entendit un éclat de voix derrière lui.

— Que lui avez-vous fait?

Amanda venait de faire irruption sur la terrasse.

— Comment osez-vous la faire pleurer?

— Oh! je vous en prie, Amanda, restez en dehors de cela...

Sloan poussa un soupir frustré et se tourna. Il traversa la terrasse à grands pas et fit mine de sortir par la porte de derrière. Mais la jeune femme le retint.

— Soyez maudit, Sloan O'Riley! Quand je pense que j'ai failli... Partez d'ici, et ne vous retournez pas avant d'être arrivé en Oklahoma!

— Cette affaire ne vous regarde pas, Amanda, rétorqua-t-il avec fermeté. Et de toute façon, il s'agissait d'un malentendu. Suzanna m'a pardonné.

— Ah, vraiment? Et quel genre de malentendu?

— Demandez à votre sœur mais pas à moi. Je ne peux pas vous en dire plus. Encore une fois, c'est entre elle et moi. Cela n'a rien à voir avec vous.

— Vous vous trompez !

Elle se campa devant lui, prête à griffer.

— Lorsqu'on attaque une Calhoun, on attaque les trois autres en même temps ! Comme vous êtes le témoin de Trent, je ne peux pas vous mettre à la porte avant le mariage. Mais je vous garantis que dès la fin de la cérémonie, je ferai tout mon possible pour que vous disparaissiez des Tours !

Les nerfs à vif, poussé à bout, Sloan saisit Amanda par les épaules et se retint pour ne pas la secouer. Elle était vraiment la reine des têtes de mule !

— Je finis toujours ce que j'ai commencé, Amanda. Et je ne partirai pas d'ici sans...

— Hum...

Sur le seuil de la porte, Trent observait son meilleur ami et sa future belle-sœur d'un œil stupéfait. Il toussota.

— Je ne veux surtout pas vous déranger...

— La discussion est close, déclara Amanda. Tu ne nous déranges pas du tout.

Elle donna un bon coup de coude dans les côtes de Sloan pour se dégager.

— Les hommes ne sont pas acceptés dans la maison, ce soir, poursuivit-elle d'un ton rogue. Si tu nous débarrassais de ce prétentieux personnage que tu nous obliges à supporter depuis une semaine ? Emmène-le faire le tour des bars de la ville et ne nous le ramène pas avant demain !

Sur ce, elle sortit de la pièce, la tête haute.

— Wow ! fit Trent. J'aurais peut-être dû te parler du tempérament des Calhoun avant de te demander d'accepter ce job.

— En effet, marmonna Sloan en se frottant les côtes. Tu connais un bar tranquille, dans le coin ?

— Je pense que oui...

— Parfait. Allons boire, alors.

Ils n'eurent aucun mal à trouver le bar idéal et la bouteille adéquate. Sloan avala un premier verre de whisky, puis un second, avant de raconter à son ami ses démêlés avec Suzanna.

— Baxter Dumont est le père de Kevin ? s'exclama Trent. Tu ne me l'avais jamais dit !

— J'avais promis à Megan de garder le secret. Mais maintenant, tu fais partie de la famille, en quelque sorte...

Il y eut un long silence.

— Incroyable, murmura enfin Trent, comme s'il se parlait à lui-même. Comment un type aussi médiocre a-t-il pu fabriquer trois enfants aussi adorables ?

— C'est l'un des nombreux mystères de la nature, affirma Sloan d'une voix lugubre. Si tu avais vu la pauvre Suzanna... Je n'oublierai jamais son expression lorsque je lui ai tout révélé. Elle avait l'air d'une morte.

— Elle s'en remettra. Catherine m'a souvent affirmé qu'elle était bien plus forte qu'il n'y paraissait.

— Possible. Il n'empêche que j'étais passablement dégoûté de moi-même… Et il a fallu qu'Amanda ajoute son grain de sel !

— Elles sont pires que des mousquetaires : une pour toutes, toutes pour une !

Sloan hocha la tête et, d'un trait, vida son troisième verre.

— Pourquoi ne lui as-tu pas tout expliqué ? demanda son ami.

Il haussa les épaules.

— C'est à sa sœur de le faire, si elle en a envie. Je déteste que l'on m'oblige à me justifier.

— D'accord, soupira Trent. Tu veux manger quelque chose ? Ce n'est jamais très bon de boire à jeun.

— Je n'ai pas faim.

Trent se cala contre le dossier de la banquette en velours pourpre et commença de boire son premier whisky à petites gorgées. Le silence entre eux était confortable. Ils se connaissaient depuis plus de dix ans, avaient fait les quatre cents coups ensemble, s'étaient mutuellement consolés de leurs premiers chagrins d'amour, avaient copieusement arrosé leurs succès aux examens universitaires, s'étaient — parfois — chipé leurs conquêtes féminines, mais s'étaient — toujours — réconciliés, sachant que leur amitié était cent fois plus précieuse que leur vanité.

Physiquement, ils étaient l'opposé l'un de l'autre : Trent, de taille moyenne pour un homme — il avait tout juste un centimètre de plus que Catherine —, mince et fringant, les cheveux courts et lisses, toujours tiré à quatre épingles, le blazer marine d'une coupe parfaite et la manchette blanche impeccable ; Sloan, très grand, la carrure athlétique, la crinière en désordre, le jean délavé, la chemise retroussée jusqu'aux coudes… Pourtant, outre leurs tempéraments qui se complétaient admirablement, ils avaient des points communs : une famille très riche, une éducation très poussée, une formidable générosité, et… des tennis blanches.

Un détail qui intrigua Sloan au plus haut point.

— Qu'est-ce qui te prend, Trent ? demanda-t-il. Tu portes des tennis avec un pantalon gris, maintenant ?

Trent lança un coup d'œil à ses pieds, sagement croisés sous la table, et eut un large sourire. Ses nouvelles chaussures symbolisaient la façon dont une jolie brunette aux cheveux courts et au tempérament de feu avait chamboulé tous ses critères.

— Et ta cravate, poursuivit Sloan. Tu l'as oubliée ? Pourquoi n'en portes-tu pas ?

— Parce que je suis amoureux, lui répondit son ami avec un sourire béat.

— C'est bien ce que je pensais. Mon pauvre ami… Tu vois l'effet que ça te fait ? Tu as l'air d'un clochard. Ou, presque…

— Voyons, Sloan, tu détestes les cravates !

— C'est vrai.

Sloan se pencha soudain en travers de la table,

et expliqua à mi-voix, comme s'il s'agissait d'un secret d'Etat :

— Cette femme me fait tourner en bourrique, Trent.

— Catherine ?

— Non ! Tu sais très bien qu'il s'agit d'Amanda !

Trent eut un petit rire.

— Ecoute, mon vieux... Ne compte pas sur moi pour te plaindre. Depuis que je te connais, il y a toujours une femme dans ta vie qui te fait tourner en bourrique ! Je n'ai jamais vu quelqu'un qui ait autant... d'affection pour le sexe faible.

— Faible ! Tu veux rire... Elle a commencé par foncer sur moi tête baissée dans la rue, ensuite elle m'a fait une prise d'aïkido pour m'envoyer au tapis, et maintenant elle m'a fêlé une côte !

Il avala une gorgée de whisky et ajouta :

— Tu me connais. Il n'y a pas plus doux et aimable que moi !

— Evidemment, approuva Trent, amusé. C'est-à-dire, quand tu veux bien l'être...

Sloan frappa la table du plat de la main.

— Ah, tu vois ! s'exclama-t-il, l'air triomphant.

Il tira un cigare de sa poche, l'alluma en prenant son temps, puis souffla quelques ronds de fumée.

— Alors, demanda-t-il, pourquoi m'en veut-elle ?

— Je n'en sais rien.

— Eh bien, je vais te le dire, moi : cette femme est une diablesse avec l'obstination d'une mule en prime ! N'importe quel homme peut s'en rendre compte… s'il arrive à ne pas se faire hypnotiser avant. Elle a les plus jolies jambes qui soient !

— Je sais. C'est une marque de famille. Sloan, ajouta Trent en voyant son ami avaler un énième verre de whisky, est-ce qu'il va falloir que je te porte jusqu'à ton hôtel ?

— C'est probable. Dis-moi, vieux frère, pourquoi tiens-tu absolument à te marier ?

— Parce que je l'aime.

Sloan exhala lentement quelques bouffées de fumée.

— C'est un piège, si tu veux mon avis. Elles te font tourner la tête jusqu'à ce que tu ne puisses plus penser correctement. Jusqu'à présent, je croyais que les femmes étaient un don de Dieu. Maintenant, je sais quelle est leur véritable raison d'être : nous rendre fous. Et malheureux par-dessus le marché.

L'œil soudain brillant, il regarda son ami.

— Tu as vu la façon dont elle marche ? Avec sa jupe qui virevolte autour de ses genoux… on dirait qu'elle danse. Et ses cheveux ? Tu as remarqué comme ils sont doux et brillants ?

Cette fois, Trent éclata carrément de rire. Il leva son verre.

— A la belle Amanda !

A son tour, Sloan leva le sien et le vida d'un trait.

— Tu as déjà reçu une décharge électrique, Trent ?

— Non.

— Eh bien, je te promets que ça brûle. Ça fait

un mal de chien. Et quand tu recouvres tes esprits, tu te sens tout drôle.

— Sloan... tu parles sérieusement ou bien tu as trop bu ?

— Tu veux dire pas assez ! marmonna Sloan. De nouveau, il se pencha vers son ami.

— Je n'ai pas dormi une seule nuit complète depuis que je l'ai rencontrée. Elle a effacé d'un coup toutes les femmes que j'ai connues... et barré le passage à toutes celles que j'aurais pu connaître.

Les coudes posés sur la table, il appuya son menton sur ses mains jointes, avant d'avouer, l'œil embrumé :

— Je suis follement amoureux d'elle, Trent. Et si je pouvais l'attraper maintenant, je crois bien que je lui tordrais le cou !

— Ici, on vit dangereusement, c'est la spécialité des Calhoun, lui confia Trent en riant. Bienvenue dans le club des soupirants, Sloan !

Il a plu toute la journée. Pour la première fois, je n'ai pas pu rejoindre Christian sur la falaise. Je suis restée aux Tours et j'ai joué avec les enfants. Nous avons fait la dînette et mangé beaucoup de gâteaux... Les heures se sont écoulées doucement, entre leurs petits bras potelés, leurs baisers mouillés, les rires, les siestes et les gros câlins. Ce fut l'une de ces journées qu'une mère chérit longtemps dans son cœur... Mes bébés grandissent si vite ! Colleen parle déjà d'aller à l'école...

Si seulement ces enfants que j'adore pouvaient être ceux de Christian! Mon bonheur serait parfait, mes rêves les plus chers enfin réalisés.

Jeune fille, je n'avais jamais rêvé au mari froid, distant, que mes parents m'ont choisi. J'imaginais un homme jeune et enthousiaste, un amoureux gai et charmant... Le destin en a décidé autrement. Ma vie ne ressemble pas aux contes de fées que je lis le soir à mes enfants. Un jour, quelqu'un ouvrira peut-être ce petit carnet noir sur lequel j'écris jour après jour ma triste histoire. J'espère qu'il comprendra les élans de mon cœur et ne me condamnera pas pour avoir volé ces quelques heures de bonheur quotidien que je passe auprès de l'homme que j'aime de toutes mes forces — et que j'aimerai encore au-delà de la mort.

7

Sous son crâne prêt à exploser, une bonne douzaine de marteaux-piqueurs s'en donnaient à cœur joie. Sloan tourna légèrement la tête pour diminuer la pression... Erreur colossale ! Dans les coulisses de son cerveau, cymbales et percussions résonnèrent aussitôt dans un fracas étourdissant.

Engourdi, il chercha à tâtons un oreiller, le mit sur sa tête pour atténuer le bruit... Rien à faire ! Le vacarme continua, insistant, épuisant... Jusqu'à ce que Sloan se rende enfin compte que quelqu'un tambourinait sans relâche sur la porte de sa chambre.

Proférant d'une voix rauque tous les jurons dont il pouvait se souvenir, il glissa de son lit, marcha en titubant vers la porte — qu'il apercevait très floue, enveloppée d'une sorte de nuage bleu-gris. Il l'ouvrit.

Sur le seuil, Amanda vit aussitôt qu'elle avait affaire à une formidable gueule de bois. Trent n'avait pas exagéré.

— Bonjour ! lança-t-elle avec son sourire le

plus charmant. J'espère que vous avez passé une agréable soirée, hier !

Sloan jura une dernière fois. Elle n'avait pas le droit d'être aussi fraîche, pimpante et guillerette... Pas ce matin. Il passa une main hésitante sur sa barbe naissante.

— Si vous espérez me flanquer ma journée en l'air, vous arrivez trop tard, grommela-t-il.

Sur ce, il lui tourna le dos et tenta de distinguer son lit en soulevant les paupières le moins possible. Le soleil qui filtrait à travers les rideaux lui brûlait les yeux.

— J'ai à vous parler, Sloan !

— C'est fait, murmura-t-il.

Il rassembla les forces qui lui restaient pour marcher dignement. S'il avait été seul, il aurait rampé...

— Vous avez besoin d'une douche froide, de deux cachets d'aspirine et d'un petit déjeuner copieux, décréta Amanda.

Sloan, qui n'avait pas l'énergie nécessaire pour discuter, comprit qu'il ne lui restait qu'un moyen d'échapper à la femme de ses rêves : s'enfermer à double tour dans la salle de bains. Il changea de direction, réprima un gémissement de douleur.

— Je ne suis pas venue vous embêter, Sloan, lui dit Amanda d'un ton presque compatissant en le suivant pas à pas. Je veux simplement vous dire que...

Vlan ! Il venait de lui fermer la porte au nez.

Ce fut au tour d'Amanda de jurer tout bas.

Enfin seul, Sloan ôta le jean dans lequel il avait dormi, pénétra dans la cabine de douche et tourna le robinet d'eau froide.

Quelques minutes plus tard, ruisselant de gouttelettes glacées, il avalait trois cachets d'aspirine coup sur coup. Les yeux grands ouverts cette fois, il noua une serviette autour de ses reins et ouvrit la porte. Sa tête lui faisait toujours un mal de chien, mais au moins était-il suffisamment réveillé pour l'apprécier !

Il s'immobilisa sur le pas de la porte. Amanda était encore là, en train d'examiner tranquillement les plans disposés sur la table. Elle avait rangé la chambre, vidé les cendriers et ramassé les vêtements qu'il avait laissés traîner un peu partout... En fait, elle les avait dans les bras tandis qu'elle examinait les dessins.

— Qu'est-ce qui vous a pris de faire le ménage ? aboya-t-il.

— Ah, vous voilà ! Je...

Amanda avala péniblement sa salive. La vue de ce grand corps musclé, presque nu, bloqua un instant sa pensée et mit ses sens en déroute.

— Je... je ne comprends pas comment vous pouvez travailler dans un tel chaos ! finit-elle par remarquer en détournant les yeux.

— Eh bien, moi, si ! J'aime ça, figurez-vous. Sinon, j'aurais ramassé mes vêtements moi-même.

— Parfait.

Elle le regarda droit dans les yeux et, posément, lança en l'air toutes ses affaires.

— C'est mieux ainsi ?

— Attention, Calhoun… ne jouez pas avec le feu, menaça Sloan en retirant le T-shirt qui venait d'atterrir sur sa tête. Il n'y a rien de plus dangereux qu'un homme qui a la gueule de bois !

Il avança vers elle, s'immobilisa. On venait de frapper à la porte.

— C'est votre petit déjeuner ! indiqua Amanda. Je l'ai commandé pendant que vous étiez sous la douche.

Résigné, Sloan se laissa tomber sur le lit et se tint la tête à deux mains.

— Je n'en veux pas, marmonna-t-il.

Mais Amanda poussait déjà le chariot dans la chambre. Elle le plaça devant lui et annonça :

— Œufs brouillés, saucisses et toasts au blé complet. Jus de tomate épicé et café noir.

— Café…, demanda Sloan.

Elle emplit la tasse et la lui mit entre les mains.

Satisfaite de le voir émerger peu à peu, Amanda se campa devant lui et l'observa tout à loisir tandis qu'il avalait le breuvage amer et brûlant. Il avait vraiment l'air pathétique, avec ses cheveux emmêlés, des cernes sous les yeux et une barbe de la veille. En fait, elle avait très envie de s'agenouiller près de lui, de lui murmurer des paroles douces et tendres, pour le réconforter, de passer la main dans sa crinière pour y remettre un peu d'ordre… Mais il était dans de telles dispositions qu'il aurait été capable de lui tordre le poignet ou de lui faire craquer lentement les jointures, l'une après l'autre.

— Trent m'a dit que vous aviez pas mal bu, hier.

— Et vous êtes venue jouir du spectacle ?

— Non.

Amanda toussota nerveusement.

— J'ai pensé que c'était ma faute, et je… Suzanna m'a tout raconté. Enfin, Sloan, vous auriez pu me l'expliquer vous-même !

— Peut-être… Mais vous auriez pu me faire confiance, non ?

— Vous ne savez pas combien Suzanna a souffert, avec Baxter. Je ne supportais pas l'idée de la voir blessée de nouveau. Et par vous, par-dessus le marché ! Alors… alors que je commençais à vous trouver… intéressant.

Lorsqu'elle le regarda, les yeux d'Amanda étaient mouillés de larmes.

Sloan était un dur à cuire. Même un serpent à sonnette ne l'aurait pas fait reculer. Mais devant un regard embué par le chagrin, il se sentait totalement désarmé. Quelques larmes, et il craquait… Pire : il paniquait !

— Amanda…, commença-t-il en se levant. Personne n'est à l'abri d'une erreur. C'était juste un malentendu !

Il lui caressa la joue.

— Et si nous faisions la paix, Amanda ?

Comme il se penchait pour l'embrasser, elle s'écarta brusquement.

— Non. J'ai vraiment besoin de réfléchir...

— Et moi, de vous aimer. Passionnément.

En cet instant, Amanda eut la certitude que son cœur venait d'effectuer un double saut périlleux. Elle rassembla ce qui lui restait de sang-froid.

— Je... je dois retourner à mon travail. Stenerson...

— Si on l'appelait ?

Souriant, Sloan porta les doigts de la jeune femme à ses lèvres. Son mal de tête avait diminué considérablement, remplacé par une drôle de sensation. Comme une envie, un manque et une brûlure tout à la fois. Et il avait la nette impression que ce n'était pas un cachet d'aspirine qui la ferait disparaître.

— Je vais lui dire que j'ai besoin de son assistante pendant le reste de la matinée.

— Je pense...

— Non. Vous ne pensez plus. Avec moi, c'est interdit.

Il l'enlaça, effleura ses lèvres des siennes, les quitta, y revint, plus gourmand que jamais.

— Hmm... Sloan...

Amanda le repoussa et aspira une grande bouffée d'air. Il était en effet extrêmement difficile de penser dans les bras de cet homme !

— J'ai besoin d'avoir les idées claires, Sloan. De savoir ce que je fais et où je vais.

Résigné, il hocha la tête. Il allait devoir vivre

avec cette satanée brûlure pendant quelque temps encore...

— D'accord, Calhoun. Allez-y. Pensez, réfléchissez, gambergez autant que vous voulez... jusqu'au mariage.

Il lui prit le menton et plongea son regard dans le sien.

— Mais ensuite... si vous ne vous jetez pas directement dans mes bras, vous aurez intérêt à courir vite !

— C'est un ultimatum ? lui demanda-t-elle en fronçant les sourcils.

— Non, c'est un fait. Et vous feriez mieux de filer de cette chambre pendant que vous en avez encore la possibilité !

— Je n'aurais jamais cru que je serais dans un tel état, gémit Catherine en contemplant sa robe de mariée — un nuage de satin blanc et de dentelle. Tu ne crois pas que je devrais porter quelque chose de plus simple ?

— Ne sois pas bête et tiens-toi tranquille, répondit Amanda.

Elle se pencha pour remettre un peu de blush sur le visage de sa sœur, puis se recula pour juger de l'effet.

— Tu es nerveuse. C'est tout à fait normal, affirma-t-elle.

— Je ne vois pas pourquoi. J'aime Trent, et j'ai envie d'être sa femme.

D'un coup d'œil furtif, elle consulta sa montre.

— Et je le serai dans moins d'une heure, murmura-t-elle d'une voix étranglée.

— Tu veux que j'appelle tante Coco et que je lui demande de te faire un cours sur les abeilles et les fleurs ? la taquina Amanda.

— Très drôle ! rétorqua Catherine avec une grimace. Où a disparu Suzanna ?

— Elle sermonne les enfants. Jenny est ravie d'être demoiselle d'honneur et de porter ton bouquet. En revanche, Alex est furieux de devoir mettre une chemise et une veste et de marcher devant toi avec les alliances. Il dit que tous ses copains vont se moquer de lui et menace de flanquer une raclée au premier qui osera plaisanter !

Catherine sourit.

— Et Lila ?

— Elle inspecte une dernière fois les fleurs et le buffet. Mais je me demande si on peut lui faire confiance ! Elle a parfois des idées tellement saugrenues…

— Elle est parfaite dans les cas graves. Et l'heure est grave, n'est-ce pas, Amanda ? demanda Catherine d'une voix légèrement tremblante.

Sa sœur lui prit la main, tout émue.

— En effet ! C'est le jour le plus important de ta vie ! J'aimerais tellement trouver quelque chose d'original à te dire dans une pareille occasion…

— Tu m'as déjà souhaité tout le bonheur du monde, lui rappela Catherine, les yeux brillants de larmes. Et je sais que je vais être très heureuse… même si je dois passer quelques mois à Boston chaque année.

— Ah non, ne recommence pas ! s'exclama sa sœur. Je viens de terminer de te maquiller ! Viens, il est temps de t'habiller, maintenant.

Un quart d'heure plus tard, Suzanna pénétra dans la chambre, un enfant accroché à chaque main. Le trio écarquilla les yeux.

— Oh ! Catherine, tu es magnifique ! s'écria Suzanna.

Elle lâcha Alex et Jenny pour arranger le voile de sa sœur.

— Je déteste les bretelles, bougonna Alex en se regardant dans le miroir. Je vais les enlever.

— Tu risques de perdre ton pantalon, remarqua sa mère.

— M'en fiche.

— Parfait. Enlève tes bretelles, et je vais te les entortiller autour de la bouche pour te faire taire, déclara Amanda d'un ton péremptoire.

Sans perdre une seconde, Alex referma sa veste et se tut.

— Amanda, dit Lila qui venait d'apparaître dans l'encadrement de la porte, tu veux bien jeter un dernier coup d'œil en bas ? J'ai la tête qui tourne à force de vérifier tous les détails. Et j'ai des choses à dire à Catherine avant que Trent ne lui passe la corde au cou ! ajouta-t-elle en faisant un clin d'œil à sa sœur.

— J'y vais… A tout à l'heure. Et surtout, murmura Amanda en embrassant une dernière fois Catherine, ne te laisse pas intimider par les histoires horribles que Lila va sûrement te raconter. Tu sais bien que c'est sa distraction favorite…

Elle s'éclipsa. A peine sortie de la chambre, elle se remémorait sa liste de choses à vérifier. Au bas de l'escalier, elle prit quelques secondes pour remettre d'aplomb sa capeline. Catherine avait demandé à ses trois sœurs de porter des robes semblables, dans différents tons de bleu. Elles étaient toutes les trois coiffées d'une capeline blanche. Suzanna avait orné la sienne d'un simple ruban de satin myosotis, Amanda y avait piqué quelques violettes de Parme. Celle de Lila ressemblait à une soucoupe volante dégoulinante de tubéreuses.

— Vous êtes ravissante, murmura une voix masculine, juste derrière elle.

Dans le miroir, Amanda vit le visage de Sloan.

— Merci, dit-elle en se retournant.

Ils restèrent un moment immobiles à se contempler l'un l'autre.

— Hum… Où est Trent ? finit par demander Amanda.

— Il avait envie de rester seul quelques instants, lui répondit Sloan, avant de se mettre à rire. Rien de plus normal, après tous les conseils que son père lui a donnés. Il s'est marié si souvent qu'il doit certainement avoir un point de vue des plus intéressants sur la question ! Ne vous inquiétez pas, ajouta-t-il devant l'expression horrifiée d'Amanda, j'ai donné une coupe de champagne à M. St. James et je l'ai mis à la porte en prétextant que tante Coco voulait absolument le voir.

Tout en parlant, Sloan s'était approché d'Amanda, qui se sentit très nerveuse, tout à coup.

— Cet habit vous va à merveille, remarqua-t-elle pour combler le silence. Vous êtes tout le temps en jean, et je n'aurais jamais cru que vous seriez aussi à l'aise en costume... Surtout avec un chapeau.

Sans doute aurait-elle continué à débiter des platitudes du même acabit si Sloan ne l'avait pas interrompue.

— Vous êtes à croquer quand vous paniquez ! observa-t-il d'une voix tendre.

Stupéfaite, elle arrondit les yeux et la bouche. C'était bien la première fois qu'on la trouvait « à croquer » !

Sloan profita de l'accalmie pour se rapprocher encore. D'un doigt, il souleva le menton de la jeune femme pour l'obliger à le regarder.

— Les mariages vous rendent nerveuse, Calhoun ?

— Hum... Oui. Parce que c'est celui de ma sœur, bredouilla-t-elle, confuse.

— Vous allez me réserver une danse ?

— Bien sûr.

— Et après ?

— Je...

— Catherine est prête ! hurla Alex dans l'escalier. Dépêchons-nous, qu'on en finisse le plus vite possible !

Sloan effleura rapidement les lèvres d'Amanda.

— Je vais chercher Trenton.

La sonnerie du téléphone, sur la table tout près d'eux, les fit sursauter.

— Flûte ! lança Amanda en décrochant. Allô ? Oh, William ! Désolée, mais je n'ai pas le temps de bavarder, ma sœur se marie dans quelques minutes... Demain ? Oui. Plutôt en fin d'après-midi... Disons vers 17 heures. Parfait, à demain !

Elle raccrocha. Fermement campé devant elle, les bras croisés, Sloan la contemplait d'un œil sombre.

— Vous prenez des risques, Amanda. De gros risques, déclara-t-il d'une voix sifflante.

— Que voulez-vous dire ?

— Je préfère en discuter plus tard. Nous n'allons pas faire attendre la mariée !

— Sûrement pas.

Et ils partirent chacun dans une direction opposée.

Quelques instants plus tard, Catherine avançait lentement, le visage recouvert de son voile. Devant elle, Alex, l'air crispé, portant un petit coussin de satin blanc sur lequel reposaient les alliances, et Jenny, rayonnante, serrant précieusement contre son cœur un bouquet d'orchidées rose pâle, ouvraient la marche. Tante Coco et les trois sœurs suivaient la mariée, très émues.

Amanda ne put retenir une larme lorsque Trent passa la bague au doigt de Catherine, et en réprima une autre lorsque les nouveaux époux échangèrent leur premier baiser.

— Alors ? C'est fini ? chuchota Alex, impatient.

— Non, murmura Amanda en regardant Sloan qui se tenait près du marié. Cela ne fait que commencer...

— La cérémonie était très émouvante... Et ce buffet ! Absolument magnifique ! Toutes mes félicitations, ma chère ! Vous avez le génie de l'organisation !

Grand, les tempes argentées et le teint bronzé à souhait, le père de Trent ne tarissait pas d'éloges.

— Merci..., murmura Amanda.

— On m'avait dit que les sœurs Calhoun étaient jolies. C'est faux. Vous êtes toutes les quatre de vraies beautés, reprit M. St. James.

« Le vieux beau toujours sémillant, le parfait séducteur... Il a dû commencer à flirter avec la sage-femme le jour de sa naissance ! » songea Amanda en le remerciant d'un sourire.

— Puis-je vous inviter à danser ?

— Avec plaisir.

Ils n'avaient pas fait trois pas sur la piste que Sloan mit tante Coco dans les bras de M. St. James et plaça les siens autour de la taille d'Amanda.

— Vous auriez au moins pu demander ! lui reprocha aussitôt celle-ci.

— Mais j'ai demandé. Vous m'aviez promis une danse, ne l'oubliez pas ! D'ailleurs, regardez-les : ils sont ravis !

Effectivement, Coco souriait sous sa capeline tandis que M. St. James la couvait d'un regard séducteur.

Détendue, Amanda hocha la tête.

— Tout est parfait, lui assura Sloan.

« Aussi parfait que le corps que je tiens dans mes bras », se dit-il. Il la serra un peu plus contre lui.

— Vous avez fait du bon travail, Amanda.

— Merci. J'espère que c'est la dernière fois que j'organise un mariage !

— Et le vôtre ?

Amanda fit un faux pas et se raccrocha à son cavalier. Son cœur s'emballa.

— Eh bien… C'est-à-dire que… Je ne sais pas…

— Voilà une réponse claire, remarqua Sloan en riant.

— Le mariage n'est pas sur ma liste de priorités, affirma Amanda. Mon nouveau poste à l'hôtel des Tours me prendra tout mon temps. Je ne pourrai pas me couper en petits morceaux pour satisfaire à la fois mes clients, ma famille et mon mari !

— C'est un point de vue original. Pour moi, le problème du mariage, ce n'est pas de risquer de se transformer en une poignée de confettis, mais de savoir si on a envie ou non de se réveiller tous les matins avec la même personne.

— Il y a de cela aussi, admit Amanda avant de couler un regard malicieux vers Sloan. Ce doit être d'autant plus difficile pour vous que vous avez l'habitude de beaucoup voyager. Et j'imagine que, dans certains pays, il est tentant de goûter au charme exotique ?

Il sourit.

— Et si nous poursuivions cette passionnante conversation dans un coin plus calme…

— Impossible. Je dois aller récupérer des guirlandes dans ma chambre pour décorer la voiture des mariés. Ils vont bientôt s'en aller.

— Parfait. Je vous accompagne !

Devant le regard brillant de Sloan, qui entrevoyait déjà mille possibilités, elle éclata de rire.

— Pas question ! Allez plutôt chercher du champagne dans la cuisine, il en manque sur le buffet !

Elle s'élança vers le grand escalier.

Elle grimpa les marches deux à deux et s'arrêta sur le palier pour reprendre son souffle. De curieux craquements, au-dessus de sa tête, lui firent tendre l'oreille. Pas de doute : quelqu'un marchait à l'étage supérieur. Elle fronça les sourcils. Un invité aurait-il eu le culot de faire sa petite chasse au trésor personnelle pendant que toute la famille assistait au mariage ? Les lèvres serrées, Amanda se lança à l'assaut du second étage.

A l'entrée du couloir, affalé sur son tapis, Fred semblait dormir comme un bienheureux.

— Quel chien de garde ! murmura Amanda, dépitée, avant de se pencher pour le secouer. Fred ? Hé, Fred ! Debout, mon chien !

Mais au lieu de bondir joyeusement, l'animal resta inerte.

Inquiète, elle se baissa pour le prendre dans ses bras. Fred ne réagit pas plus qu'un sac de sable.

— Mon pauvre Fred… Ooooh !

Quelqu'un venait de prendre Amanda par les épaules pour la projeter contre le mur avec violence. Elle crut que son crâne allait exploser sous le choc. Etourdie, elle ferma un instant les yeux. Son agresseur en profita pour filer. Lorsqu'elle se releva, elle entendit un bruit de pas précipités décroître dans l'escalier. Elle fit la grimace, porta la main à sa nuque… Elle n'avait pas volé sa réputation d'avoir la tête dure !

A l'idée que quelqu'un avait osé fouiller dans leur maison — le jour du mariage de Catherine, en plus —, la colère l'envahit. Une rage noire, insensée. Les yeux pleins d'éclairs, le col de travers et la capeline en déroute, elle attrapa Fred sous un bras — il dodelinait de la tête comme une poupée de chiffon — et dévala l'escalier à son tour. Sloan l'arrêta au moment où elle trébuchait sur la dernière marche.

— Hé, doucement !

Il la regarda en riant.

— Qu'est-ce qui se passe, Calhoun ? Vous avez écrasé ce pauvre toutou ?

— Vous l'avez vu ? demanda-t-elle, haletante.

Elle tenta de se dégager de son étreinte. La tête lui tournait légèrement.

— Qui ça ?

— Le type qui furetait là-haut...

Elle avait du mal à parler. Son cœur battait trop fort, ses jambes flageolaient.

— Dieu sait ce qu'il a fait à Fred.

— Attendez, laissez-moi voir...

Sloan la fit asseoir sur une marche et se pencha pour examiner le chien. Plus sombre que jamais, il se redressa enfin.

— Il a été drogué, annonça-t-il.

— Hein ? Mais... pourquoi ?

— Pour l'empêcher d'aboyer, je suppose. Dites-moi exactement ce qui s'est passé.

— J'ai entendu du bruit au deuxième étage... Lorsque je suis arrivée sur le palier, Fred était groggy et quelqu'un a voulu m'assommer.

Sloan pâlit.

— Mon Dieu, Amanda ! Vous êtes blessée ?

— Non.

Elle fronça les sourcils.

— Mais le choc m'a empêchée d'attraper ce voyou !

— Vous auriez dû m'appeler, Amanda...

Vaguement agacée, elle s'agrippa à la rampe pour se relever.

— Je lui ai fait une peur bleue ! annonça-t-elle avec un petit sourire. A l'allure où il allait, il doit maintenant avoir traversé la moitié de la ville ! Il n'est pas près de revenir.

Sloan hocha la tête, le visage crispé.

— Venez… On va laisser ce pauvre Fred dormir jusqu'à demain dans un endroit tranquille. Et je vais prévenir la police.

— Pas maintenant ! s'exclama Amanda, qui avait à présent recouvré tout son sang-froid. Nous n'allons pas gâcher la réception à cause d'un voleur de seconde zone ! Je vais remonter à l'étage pour tout vérifier et je ferai la liste des objets volés… Mais je ne crois pas qu'il en ait emporté, car il devait avoir les deux mains libres pour me projeter comme il l'a fait. Ensuite, je décorerai la voiture de Trent comme prévu et j'irai jeter du riz sur les nouveaux mariés avec tous les invités. Je n'appellerai la police qu'après leur départ.

— Et, bien entendu, je n'ai aucun rôle à jouer dans votre petit scénario, observa Sloan, glacial.

— Je peux me débrouiller…

— … toute seule, comme d'habitude ! Vous vous faites assommer par un inconnu et vous ne songez même pas à demander de l'aide ! Même pas à quelqu'un qui vous aime.

— Mais puisque j'ai tout organisé…

Frustré, Sloan enfonça les mains dans ses poches.

— Eh bien, allez-y, Calhoun ! Faites selon vos plans. Et ne vous inquiétez pas : vous ne me trouverez plus sur votre chemin.

8

Fidèle à sa parole, Sloan se tint soigneusement à l'écart de la jeune femme pendant le reste de la soirée.

Oh, il avait fait son devoir jusqu'au bout : il avait empilé les valises des jeunes mariés dans le coffre de la voiture, aidé Jenny et Alex à dessiner des cœurs sur les vitres avec du rouge à lèvres, puis, un sourire factice accroché au visage, il leur avait lancé des poignées de riz... Au moment du départ, il avait galamment prêté à Coco son mouchoir pour essuyer ses larmes et attendu patiemment avec Lila que Fred ouvre enfin un œil.

Puis il s'était éclipsé sur la pointe des pieds. Pour se retrouver tout seul sur le balcon de sa chambre d'hôtel, en proie à de sombres pensées.

A quoi bon se leurrer davantage ? Il était temps d'ouvrir les yeux et d'affronter la réalité : Amanda n'avait pas besoin de lui. Elle n'avait cessé de le lui dire et de le lui répéter tout au long de ces deux semaines, mais il avait refusé de l'écouter.

Il lui avait sorti le grand jeu. Il s'était rendu

vulnérable, lui avait déclaré sa passion... C'était tout juste s'il ne s'était pas jeté à ses pieds, lui qui avait l'habitude de fasciner ses futures conquêtes au premier coup d'œil ! Et pendant ce temps, la femme de ses rêves chassait les émeraudes, jouait au gendarme et au voleur, ou bien s'en allait gaiement dîner avec un freluquet tiré à quatre épingles !

Elle avait sa vie ? Très bien. Lui aussi.

Elle préférait se débrouiller toute seule ? Parfait. Il n'y toucherait plus. Ne lui adresserait même plus la parole. Et ensuite, son travail achevé, il partirait pour l'Australie. Ou la Papouasie.

Pieds nus, le col de sa chemise largement ouvert, il contempla d'un œil terne la masse noire et mouvante de l'océan. Oui, il était grand temps de prendre du recul. Quel homme serait assez fou pour vouloir passer le reste de ses jours avec une femme aussi têtue qu'une mule à deux têtes ? Et qui vous débitait des insultes comme d'autres vous susurrent des mots doux ?

Il avait bel et bien failli perdre les pédales ! songea Sloan en secouant la tête. Pourquoi n'aurait-il pas comme tous les autres une femme douce et gentille, qui l'attendrait le soir, sagement, lui masserait les épaules, lui préparerait son dîner, lui...

Stop ! Il n'aimait guère les parfaites petites ménagères. Il n'avait que faire d'une femme carpette ou d'une groupie bêtifiante. Ce qu'il recherchait, ce n'était pas une relation confortable ou raisonnable, mais une passion unique, exclusive, délirante... Au cours de ses nombreuses aventures, il avait tenté vainement de trouver cette partenaire idéale. Et maintenant qu'il l'avait enfin découverte, elle lui glissait entre les doigts !

Après tout, c'était peut-être aussi bien, se dit-il avec un profond soupir. L'irascible Amanda ne lui valait rien. Il avait intérêt à s'en détourner et à mener sa vie de son côté s'il ne voulait pas finir à l'asile — comme l'arrière-grand-père de la jeune femme… D'ailleurs, il commençait à éprouver une certaine sympathie pour ce pauvre Fergus.

— Sloan…

Il se retourna. Elle était là, en T-shirt et pantalon blanc, décoiffée par le vent et le regard brillant dans la pénombre.

— J'ai frappé, affirma-t-elle.

Elle fit un pas et s'arrêta, hésitante.

— Comme vous ne répondiez pas, j'ai ouvert avec la clé de l'hôtel.

— Vous avez enfreint le règlement, observa Sloan.

— Je sais. Je suis venue dès que j'ai pu. Figurez-vous que je suis comme vous : je termine toujours ce que j'ai commencé.

Amanda eut un faible sourire, qui disparut bien vite devant l'air glacé de Sloan. Visiblement, il n'avait aucune intention de lui faciliter les choses.

Impassible, il tira un cigare de sa poche et l'alluma en prenant son temps. Puis il lâcha d'un ton neutre, entre deux bouffées :

— Eh bien, finissons-en, puisque vous êtes venue pour cela.

Quand Amanda essaya d'avaler sa salive, il lui sembla qu'elle avait une pelote d'épingles coincée en travers de la gorge et un sac de nœuds dans l'estomac. Le quart d'heure suivant s'annonçait mal.

— Vous ne comprenez pas, Sloan. Je suis venue parce que je me suis rendu compte combien j'ai dû vous blesser, ce soir. J'ai une telle habitude de prendre en charge les choses et les événements, d'organiser, de contrôler, de planifier pour les autres, que ce soit dans ma famille ou dans mon métier… que je ne sais pas comment réagir lorsque quelqu'un veut m'aider.

— Je ne vous reproche pas la façon dont vous vous occupez des autres, Amanda.

Il chercha son regard.

— Je voudrais simplement être fixé sur ce que vous comptez faire de moi.

— Je n'en sais rien, avoua Amanda en baissant les yeux. Jusqu'ici, j'ai toujours trouvé une solution aux problèmes qui se posaient. Mais avec vous, je ne suis même pas capable de réfléchir. Vous… vous me faites peur, conclut-elle d'une voix presque inaudible.

Elle leva la tête, révélant à Sloan un visage dur et crispé.

— Bien sûr, pour vous, c'est facile…

— Facile ? C'est ce que vous croyez ?

D'un geste nerveux, il jeta son cigare à terre, l'écrasa du talon et marcha vers elle.

— Vous me faites brûler à petit feu depuis quinze jours, Amanda, et je vous jure que c'est un enfer !

Il lui prit le menton, plongea son regard dans le sien.

— Dites-moi pourquoi je vous fais peur.

— Parce qu'aucun homme ne m'a désirée autant que vous…, lui confia-t-elle après quelques secondes. Et parce que je n'ai jamais autant désiré un homme.

— Cette fois, vous n'allez pas vous esquiver, Amanda. Pas après m'avoir dit une chose pareille !

— Ce n'est pas ce que je veux.

— Alors, que voulez-vous, bon sang ?

— Embrassez-moi, Sloan. Faites-moi oublier que je suis une femme raisonnable et logique. Faites-moi…

Amanda suffoqua sous un déluge de baisers. Avec un petit gémissement de plaisir, elle noua les bras autour du cou de Sloan et plaqua les lèvres contre les siennes.

Elle était terrifiée. Elle avait fait le premier pas, et c'était aussi le dernier. Elle allait sauter dans l'abîme, plonger dans le gouffre d'une passion qu'elle ne contrôlait absolument pas. Pourtant, elle avait fait ce pas en pleine conscience, les yeux grands ouverts.

Elle était bien celle qu'il recherchait depuis toujours, songea Sloan sans cesser de l'embrasser.

Elle était la seule femme au monde capable d'effacer en une fraction de seconde ses doutes et ses incertitudes, toutes ses conquêtes, ses aventures et ses passades, et les lendemains pleins d'amertume et de regrets. Non, il n'avait aimé personne avant elle. Il n'avait même pas soupçonné l'existence de cette formidable passion qui le submergeait, l'annihilait, le consumait tout entier.

Il s'écarta avec effort, la contempla un long moment. Leurs regards se croisèrent, leurs souffles se bloquèrent. Une fantastique décharge les secoua. Il lui prit la main, lui embrassa chaque doigt, puis la posa sur son cœur.

— Viens, murmura-t-il simplement.

Quand il l'attira vers son lit, Amanda ne lui opposa pas la moindre résistance.

Elle avait passé la nuit la plus merveilleuse de toute son existence, songea Amanda le lendemain matin, quand la lumière du soleil la réveilla. Une nuit au cours de laquelle elle s'était livrée sans retenue, une nuit durant laquelle Sloan lui avait tout donné. Epuisés, ils avaient fini par s'endormir dans les bras l'un de l'autre.

Mais où diable était-il passé ? se demanda-t-elle soudain.

Un peu désorientée, elle s'assit dans le grand lit défait, et se passa une main dans les cheveux. Comme s'il n'avait attendu que son réveil pour entrer, Sloan ouvrit largement la porte et poussa une table roulante chargée de plats au milieu de la pièce.

— Bonjour !

Instinctivement, Amanda tira le drap et le maintint contre sa poitrine. Il la dévisagea, amusé, puis alla chercher un peignoir dans la salle de bains.

— Avec les compliments de l'hôtel ! lança-t-il en le lui tendant.

Il se retourna et ouvrit largement la fenêtre pendant qu'elle l'enfilait. Tout émue, Amanda songea qu'il se montrait aussi attentionné le matin qu'il l'avait été pendant la nuit.

Après avoir disposé deux chaises devant la table, il lui prit la main et l'invita à s'asseoir.

— C'est notre premier repas ensemble, remarqua-t-il. Tu as refusé toutes mes invitations, jusqu'à présent.

Amanda accepta la tasse de café qu'il lui avait servie et joua nerveusement avec la cuillère. Sloan avait raison. Ils venaient de passer des moments d'une rare intimité alors qu'ils n'avaient même pas partagé une pizza !

Paniquée par cette pensée, elle posa sa tasse. Elle ne comprenait rien à sa propre conduite. Jamais elle ne se serait crue capable d'une telle folie. Certes, elle ne la regrettait pas, mais elle éprouvait soudain un besoin urgent d'expliquer, de justifier.

— Je sais qu'il est un peu tard, commença-t-elle d'une voix embarrassée, mais je tiens à te promettre que je n'ai pas l'habitude de passer mes nuits dans des chambres d'hôtel. Et je te connais si peu, en plus...

— Je sais, chérie.

Sloan posa la main sur la sienne.

— Les choses sont allées très vite entre nous. Mais notre situation est si spéciale... En fait, nous n'avons jamais été des étrangers l'un pour l'autre, n'est-ce pas ? Comme si je te portais en moi depuis toujours. Je comprends enfin pourquoi je n'ai jamais pu m'attacher à une autre femme, Amanda : je savais déjà que je t'aimais. Avant même de te rencontrer.

Grands dieux ! songea Amanda en écarquillant les yeux. Elle avait l'impression d'entendre Christian parler à Bianca. Comment aurait-elle pu deviner que, sous son apparence bourrue et sauvage de Tarzan, Sloan cachait une fibre romantique ?

— Si je te disais que je t'aime aussi..., murmura-t-elle, la gorge serrée, que se passerait-il ensuite ?

Le regard brillant, Sloan la dévisagea un instant en silence.

— On ne connaît pas toujours les réponses à l'avance, chérie. Il faut savoir prendre des risques.

Amanda se mordit la lèvre. Elle n'était pas une joueuse, avait horreur du vide. Pourtant, en cet instant, elle était décidée à sauter sans filet.

— Je ne serais jamais venue hier si je n'étais pas amoureuse, avoua-t-elle dans un souffle.

Sloan porta la main fine à ses lèvres.

— Je sais, Amanda.

Incroyablement soulagée, la jeune femme éclata de rire.

— Tu le savais… mais tu voulais que je te le dise !

— Oui, j'avais besoin de l'entendre, mon amour.

— Eh bien, te voilà rassuré. Si nous mangions ? J'ai une faim de loup !

Ils déjeunèrent gaiement et avec appétit. Après avoir avalé son cinquième toast et sa deuxième tasse de café, Amanda se cala contre le dossier de sa chaise et contempla la baie en étouffant un bâillement. Elle aurait bien fait une petite sieste avant de rentrer aux Tours pour tout ranger…

— Quelle heure est-il ?

— 1 h 30.

— De l'après-midi ? Oh non ! C'est impossible ! Je viens à peine de me réveiller…

— N'oublie pas que tu ne t'es endormie qu'au petit matin, chérie.

— J'ai des milliers de choses à faire ! s'exclama Amanda en se levant. La maison à réorganiser, le père de Trent à saluer avant son départ, et William à présenter à tante Coco…

D'un bond, Sloan se leva à son tour.

— Ah non ! Tu ne vas quand même pas revoir ce freluquet !

— Bien sûr que si…

— Non.

— Primo, je fais ce que je veux ! déclara Amanda sur le ton du défi, les mains sur les hanches. Mets-toi bien cela dans la tête ! Secundo, je ne me précipite pas dans les bras de William. Figure-toi qu'il est expert en objets d'art et qu'il m'a demandé de lui faire visiter Les Tours. En échange, il me donnera une estimation gratuite des plus beaux meubles qui nous restent. Et maintenant, dégage !

Repoussant Sloan d'un vigoureux geste de la main, elle alla tout droit vers la salle de bains. Elle se trouvait sous la douche lorsque le rideau de plastique s'ouvrit d'un coup.

— Sloan ! Vraiment, tu exagères ! cria-t-elle, furieuse.

— C'est vraiment un expert en objets d'art ?

— Puisque je te l'ai dit !

— Et il vient juste faire une estimation ?

— Tout juste.

— Je t'accompagne aux Tours.

— Comme tu veux, marmonna Amanda en haussant les épaules.

Tandis qu'elle se passait lentement le savon sur le buste, d'un air absent, elle vit que Sloan déboutonnait sa chemise.

— Qu'est-ce que tu fais ?

— Tu as droit à trois réponses…, répondit-il avec un petit sourire. Mais à mon avis, intelligente comme tu l'es, tu devrais deviner tout de suite !

— Sloan ! protesta Amanda, comme il ôtait son jean. Je n'ai vraiment pas le temps de…

Sa voix s'étrangla. La bouche ouverte, elle ne pouvait détacher son regard de lui. Pour son

Tarzan, elle commençait sérieusement à avoir les yeux de Jane et à se dire que « Moi vouloir toi » étaient les plus beaux mots du monde !

William Livingston vérifia une dernière fois le bon fonctionnement de son magnétophone de poche et de la caméra miniature soigneusement dissimulée dans son attaché-case. Comme James Bond, il avait toujours eu un faible pour les gadgets. Ils ajoutaient une touche d'élégance et de sophistication à ce qu'il appelait avec pudeur sa « mission ». Depuis le jour où il avait lu un article sur les mystérieuses émeraudes des Calhoun, il n'avait cessé d'y penser. Ces joyaux étaient devenus son obsession. Pourtant, il en avait dérobé d'autres, et de main de maître ! Interpol le considérait comme l'un des voleurs les plus astucieux de cette fin de siècle. Il leur avait fait la nique sur deux continents, et escomptait récidiver bientôt.

Ces émeraudes représentaient un fabuleux défi. Elles n'étaient pas protégées par un coffre ou des systèmes de sécurité ultraperfectionnés, et ne se baladaient pas au cou d'une richissime vieille dame. Non, elles attendaient sagement d'être découvertes dans un recoin d'une vieille bâtisse, sous la garde d'un fantôme éploré… En fait, elles l'attendaient, lui, William Livingston !

Jusqu'ici, son plan n'avait pas trop mal marché. Bien sûr, les choses avaient un peu dérapé avec Amanda. Cette femme avait un charme d'enfer, mais un caractère de chien ! Et des muscles d'acier, en plus. Jamais il n'aurait pu la projeter contre le mur s'il n'avait pas bénéficié de l'effet de surprise…

Alors que ce mariage constituait l'occasion rêvée de commencer ses recherches sans crainte d'être dérangé, elle avait tout gâché. Heureusement, il était enfin parvenu à se ménager une autre opportunité. Et cette fois, il entrait par la grande porte, en qualité d'invité. Il allait visiter les lieux tout à loisir, sous la houlette de la coquette Coco.

Il avait beau être né dans la banlieue ouvrière de Chicago, il avait fait du chemin… Il savait porter avec naturel un costume de chez Dior, parler avec une pointe d'accent britannique et connaissait sur le bout des doigts le manuel des bonnes manières.

Il sonna… ce qui provoqua aussitôt un concert d'aboiements à l'intérieur de la maison. Les yeux clairs de Livingston se durcirent. Il détestait les animaux — et les chiens en particulier. Pour un professionnel comme lui, ce n'étaient que des empêcheurs de tourner en rond ! Même cette espèce de carpette à longs poils avait failli le mordre lorsqu'il lui avait enfoncé le somnifère dans la gueule. Et il lui avait bien fallu dix secondes pour deviner à quelle extrémité se trouvait sa tête !

Il eut un sourire charmant lorsque Coco lui ouvrit.

— Monsieur Livingston ! Je suis ravie de vous revoir !

Elle tendit la main, puis se ravisa. Il était plus

urgent d'agripper le collier de Fred avant qu'il ne se jette sur le pantalon si élégant de son visiteur.

— Il est très doux, d'habitude… Si, si, je vous assure, affirma Coco, très gênée. Mais, depuis hier, il a des réactions bizarres.

A la fin, elle se résolut à prendre l'animal dans ses bras.

— Venez, cher monsieur. Allons dans le salon.

— J'espère que je ne vous dérange pas, madame McPike. J'avoue que j'avais une envie folle de mieux connaître votre demeure, et Amanda me l'a si gentiment proposé…

— Malheureusement, elle n'est pas encore arrivée.

Coco éleva la voix pour couvrir les grondements furieux de Fred, qui, les yeux fixés sur Livingston, retroussait les babines pour découvrir des canines très blanches et très pointues.

— D'ailleurs, je ne vois pas du tout ce qui peut la retarder, ajouta-t-elle avec perplexité.

— Moi, si! annonça Lila en entrant dans la pièce, les yeux rieurs.

Des yeux qui s'assombrirent aussitôt lorsqu'elle découvrit leur invité. Elle lui tendit la main, qu'il porta à ses lèvres pour exécuter un baisemain à la française, en parfait gentleman.

— Enchanté de vous revoir, mademoiselle Calhoun.

Lila frissonna malgré elle. Ce type lui donnait la chair de poule, et c'était un symptôme qui ne l'avait jamais trompée : elle avait affaire à un tricheur, à un menteur... Bref, il était glauque.

— Si tu me confiais Fred ? proposa-t-elle à Coco. Je vais l'emmener dans la cuisine pour le calmer.

Soulagée, sa tante lui passa l'animal qui gigotait comme un beau diable, animé par une envie féroce de planter ses crocs naissants dans le mollet de Livingston.

Elle fit bouffer ses mèches platine et se tourna vers son visiteur.

— Si nous buvions un verre de sherry ?

— Avec plaisir, merci.

Et c'est avec un plaisir encore plus vif que William remarqua le triple rang de perles au fermoir en diamants que portait son aimable hôtesse.

Lorsque Amanda débaroula enfin dans le salon, un Sloan boudeur sur ses talons, il était en train d'examiner un superbe vase Ming tandis que tante Coco lui racontait avec force détails l'histoire de la famille.

— William ! lança Amanda. Pardonnez-moi, je suis terriblement en retard.

— Vous êtes toute pardonnée, ma chère. Votre tante a eu la bonté de s'occuper de moi, et je n'ai pas vu le temps passer.

Un coup d'œil à Sloan avait suffi à William pour comprendre qu'Amanda ne serait pas le sésame qui lui garantirait un accès privilégié aux Tours, finalement.

— Sloan O'Riley est l'architecte qui a bien

voulu se charger de restaurer la propriété, lui
expliqua la jeune femme.

Les deux hommes se serrèrent la main sans
enthousiasme.

— J'étais en train de raconter à William combien
la lecture de tous les documents que nous avons
rassemblés se révèle longue et fastidieuse, intervint tante Coco. Cela ne ressemble pas du tout
au feuilleton plein de suspense que la presse a
décrit ! En revanche, nos petites séances de spiritisme sont beaucoup plus vivantes, ajouta-t-elle
avec un sourire radieux. J'ai d'ailleurs décidé
d'en organiser une demain soir. Ça fera sûrement
avancer les choses !

— Tante Coco, gémit Amanda. Tout ceci
n'intéresse absolument pas William !

— Au contraire, rétorqua celui-ci d'un ton
affable.

A la vérité, un plan venait de germer dans son
esprit.

— J'adorerais assister à cette séance, affirma-t-il
d'une voix mielleuse. A quelle heure aura-t-elle
lieu ?

— A 9 heures précises, lui indiqua Coco, un
peu étonnée.

Elle ne se souvenait pas de l'avoir invité. Aussi
fut-elle soulagée de l'entendre s'exclamer :

— Dommage ! Je dois absolument rencontrer
quelqu'un à la même heure. Une autre fois, peut-
être...

Au même moment, la porte s'ouvrit avec fracas.

Alex sprinta à travers la pièce, talonné par une Jenny hilare. Suzanna les suivait en riant. Ils portaient tous les trois des jeans maculés de boue.

Alex s'arrêta pile devant William et fronça les sourcils.

— Qui c'est, celui-là ?

— Alex, veux-tu bien te taire, murmura Suzanna.

— Je suis désolée, s'excusa-t-elle en attrapant fermement la main de son fils. Nous étions en train de planter des fleurs, et j'ai commis l'erreur de leur promettre de la glace pour goûter.

— Je vous en prie, susurra Livingston en s'obligeant à sourire.

S'il y avait quelque chose qu'il détestait plus que les chiens, c'était bien les enfants ! Décidément, il était servi.

— Ils sont tout à fait… charmants.

— Pas vraiment. Mais nous les aimons malgré tout ! répliqua gaiement Suzanna.

Elle saisit la main de Jenny et s'éclipsa vers la cuisine.

— Beurk ! Il a les yeux d'un serpent, décréta Alex.

— C'est vrai, affirma Jenny. Il a l'air méchant, même quand il sourit !

— Encore une remarque de ce genre, et c'est moi qui mange toute la glace ! menaça Suzanna.

Le silence se fit aussitôt dans la grande cuisine toute blanche. Et tandis qu'elle sortait le goûter tant convoité du réfrigérateur, Suzanna tenta de se persuader que c'était le froid du congélateur qui lui donnait la chair de poule, et non pas le regard glacial de M. Livingston.

9

— Alors, tu vois ? Ce n'était pas si terrible ! lança Amanda en déposant un baiser rapide sur la joue de Sloan.

— Tu veux rire... On a dû passer toute la soirée avec lui ! Pourquoi diable a-t-il fallu que Coco l'invite à dîner ?

— Parce que c'est un fringant célibataire, et qu'elle adore flirter. En plus, ajouta-t-elle en enlaçant la nuque de Sloan avec un petit rire de gorge, elle l'a vu dans le marc de café.

— Comment ? Mais c'est moi qu'elle a vu, pas lui !

Amanda rit de plus belle devant l'air indigné de Sloan. C'est qu'il commençait à y croire, lui aussi !

Elle lui effleura les lèvres, s'écarta, puis s'adossa à la balustrade de la terrasse du premier étage, qui surplombait la baie. Sloan la couvait du regard, comme un chasseur qui surveille sa proie. Les yeux clos, le visage offert aux derniers rayons du soleil et les boucles au vent, la bouche légèrement entrouverte, Amanda avait un air sensuel et innocent, terriblement provocant. Soudain, il se pencha et la prit dans ses bras, avant de lui couvrir la nuque de petits baisers légers.

— Hmm..., fit Amanda.

Mais elle poussa un cri lorsqu'il lui mordit l'oreille.

— Sauvage !

— Oh ! désolé... C'est mon sang cherokee qui reprend le dessus !

Elle s'écarta pour mieux observer Sloan. La lumière orangée du soleil couchant cuivrait sa peau et faisait ressortir ses pommettes saillantes, son nez fort, sa bouche charnue. Cet héritage indien se mêlait curieusement à la crinière fauve, presque rousse, et aux yeux clairs que lui avaient laissés ses ancêtres Celtes.

— Je te connais si peu, au fond, murmura-t-elle, pensive. Tu ne parles jamais de toi. Tout ce que je sais, c'est que tu es architecte, que tu viens de l'Oklahoma, que tu as étudié à Harvard...

— Et que j'aime la bière brune et les jambes longues et galbées, ajouta Sloan en souriant. Que veux-tu savoir de plus ?

— Eh bien... tu pourrais me parler de ta famille, par exemple.

S'asseyant sur la balustrade, il tira une bouffée de son cigare.

— Mon arrière-arrière-grand-père a quitté l'Irlande pour s'installer sur la côte Nord-Ouest des Etats-Unis. Là, il est devenu trappeur, et chasseur d'ours. Il a épousé une Cherokee, a eu trois fils. Un jour, il est parti sur les traces d'un ours et n'est jamais rentré. Ses fils ont monté un commerce de fourrures, qui a très bien marché. L'un d'eux a écrit en Irlande pour qu'on lui envoie une femme, gentille et douce. Il paraît qu'elle avait un fichu caractère... En tout cas, ils ont eu une flopée d'enfants, dont mon grand-père. Un diable d'homme, celui-là, aussi rusé qu'un renard ! Il a acheté des terrains à bas prix au Texas, a lui aussi épousé une Irlandaise et a nommé son premier puits de pétrole comme elle : Maggie.

Amanda, qui avait trouvé toute l'histoire très romantique, écarquilla les yeux en entendant les derniers mots.

— Un puits... de pétrole ?

— Et il a donné aux autres les noms de ses enfants, acquiesça Sloan en souriant.

— Aux autres, répéta Amanda à voix basse. Elle n'osait pas demander combien d'enfants avait eus le vieux diable. D'autant que, de ce côté-là, la réputation des Irlandais n'était plus à faire.

— Mon père a pris la direction de la société dans les années 60, poursuivit Sloan d'un ton paisible. Mon grand-père ne décolère pas de voir que je ne suis pas près de lui succéder. Je lui ai pourtant expliqué mille fois que j'ai le plus beau métier du monde — je construis mes rêves ! Et puis, Sun Industries peut très bien se passer de moi.

— S... Sun Industries ?

Cette fois, Amanda était suffoquée. Sun Industries était tout simplement la plus grosse compagnie pétrolière du Texas.

— Je… je ne savais pas que… que tu avais de l'argent, bredouilla-t-elle.

— Ma famille en a, rectifia Sloan. Cela te pose un problème ?

— Non… mais je ne veux pas que tu croies que…

— Que tu me cours après pour ma fortune ?

Il éclata de rire.

— Voyons, chérie, je sais parfaitement que c'est mon corps qui t'intéresse !

Rouge comme une pivoine, Amanda ne put que rire avec lui. Sloan avait le don de l'amuser et de l'agacer.

— Tu es d'une suffisance incroyable, murmura-t-elle.

Il jeta son cigare et sauta à terre.

— Mais tu es folle de moi, avoue-le ! lança-t-il en prenant Amanda dans ses bras.

— Un petit peu seulement, admit-elle.

Riant tous deux, ils s'embrassèrent. Ce qui avait commencé comme un jeu se transforma rapidement en une étreinte passionnée. Derrière la tête auréolée de mèches folles d'Amanda, Sloan voyait le ciel s'assombrir, les étoiles s'allumer une à une. Il la serra contre lui, certain que cette nuit — et toutes celles qui suivraient — serait inoubliable…

— Naturellement, monsieur Stenerson.

Amanda fredonnait un air gai dans sa tête tandis qu'elle faisait mine d'écouter, impassible, les doléances du petit homme chauve. Et Dieu sait qu'elles étaient nombreuses... Mais peu lui importait ! Dans une heure, elle retrouverait Sloan. Ils auraient peut-être le temps de se promener sur la plage avant de dîner...

— Vous m'écoutez, mademoiselle Calhoun ? Vous semblez distraite.

Elle sursauta et se sentit brusquement coupable. Au cours de toutes ces années passées dans l'hôtel, M. Stenerson n'avait jamais pu la prendre en faute. Jusqu'à présent.

— Je vais donc me répéter, reprit-il en tapotant son crayon sur l'acajou de son bureau. L'un de nos serveurs a renversé une carafe de jus d'orange sur la robe de Mme Wickers. Je vous rappelle que les Wickers sont parmi nos meilleurs clients.

— Je sais, monsieur. Et j'ai déjà résolu le problème. La robe de Mme Wickers a été entièrement nettoyée, et nous leur avons offert un dîner gratuit avec une bouteille de champagne. Ils se sont déclarés tout à fait satisfaits.

— J'espère que vous avez mis le serveur à la porte, ainsi que je vous l'avais demandé.

— Non, monsieur.

Stenerson fronça les sourcils, et ses joues s'empourprèrent de colère.

— Et pourquoi, je vous prie ?

L'esprit d'Amanda, qui flottait depuis le petit matin dans une sorte de vapeur rosée, réintégra tout à fait son corps et se prépara à la bataille.

— Parce que Tim est avec nous depuis trois ans, qu'il a toujours travaillé impeccablement, et que ce n'était vraiment pas sa faute si l'horrible gamin des Wickers lui a fait un croc-en-jambe au moment où il passait devant leur table ! Il y a des témoins, monsieur, s'empressa-t-elle d'ajouter.

— Vous avez transgressé un ordre, mademoiselle Calhoun.

— Oui, monsieur.

Le petit air guilleret avait cessé de résonner dans sa tête, remplacé par un martèlement sourd, juste derrière les tempes.

— Dois-je vous rappeler qui dirige cet hôtel, mademoiselle Calhoun ?

— Non, monsieur. En revanche, je peux vous rappeler que j'y travaille depuis près de dix ans — ce qui m'a permis de penser que vous me feriez confiance.

Amanda prit une longue inspiration… et un gros risque.

— Si cela n'est pas le cas, je n'ai plus qu'à vous remettre ma démission.

Stenerson cilla, toussota, leva les yeux au ciel, joua nerveusement avec son crayon.

— Cela me semble une décision un peu démesurée, mademoiselle Calhoun. Je ne mets pas en cause la confiance que j'ai en vos compétences, mais plutôt une certaine… immaturité, qui s'effacera avec l'âge et l'expérience. Je suis sûr que vous avez fait de votre mieux.

— Oui, monsieur.

« Quel cinéma pour trois fois rien ! » songea Amanda. Elle en avait par-dessus la tête de ses sermons ! Il restait assis derrière son bureau toute la journée pendant qu'elle cavalait dans tout l'hôtel pour pallier son inefficacité, et il l'accusait d'immaturité !

Lorsqu'elle sortit du bureau, elle était aussi tendue que la corde d'un arc japonais. Une fois de plus, ce fichu bonhomme avait réussi à lui gâcher la journée !

— Amanda !

Absorbée dans ses pensées, elle avait failli se heurter à William Livingston au beau milieu du couloir.

— Je tiens à vous remercier de la charmante façon dont vous-même et votre famille m'avez reçu hier, dit-il d'un ton suave.

— Nous étions ravis de vous compter parmi nous.

— J'ai l'impression que si je vous invitais à dîner, vous refuseriez pour un autre motif que celui du règlement de l'hôtel ?

— Eh bien… C'est-à-dire que…

— Ne vous justifiez pas, Amanda, l'interrompit-il en lui prenant le coude. Je comprends… même si je suis déçu. J'imagine que M. O'Riley va participer à votre petite séance, ce soir ?

Amanda ne put s'empêcher de rire.

— Je crois que tante Coco ne lui demandera même pas son avis !

— J'aurais beaucoup aimé y prendre part moi-même. C'est à 20 heures, n'est-ce pas ?

— Non. A 21 heures précises. Vous risquez d'en sentir les vibrations jusqu'ici !

William rit à son tour.

— J'espère que vous me ferez part des messages que vous recevrez de l'au-delà.

— C'est entendu. Bonsoir, William.

Dès qu'elle eut tourné le dos, il jeta un coup d'œil à sa montre. Il avait tout le temps de se préparer...

— J'étais sûre de te trouver ici ! déclara Amanda.

Elle pénétra dans la jolie pièce ronde qui avait servi autrefois de boudoir à la pauvre Bianca. C'était la pièce préférée de Lila, qui était assise sur une petite chauffeuse devant la fenêtre et contemplait la falaise d'un air rêveur.

— Je médite en vue de la séance, dit-elle d'une voix douce. Avec mon farouche gardien.

Elle ébouriffa la fourrure sombre de Fred, qui somnolait à ses pieds.

— Oh non... Ne me parle pas de ce soir.

Avec un soupir, Amanda se laissa tomber sur la chauffeuse jumelle. Lila la dévisagea avec intérêt.

— Où est passé le petit sourire satisfait que tu arborais ce matin ? Tu t'es disputée avec Sloan ?

— Non.

— Alors c'est l'imbuvable Stenerson !

Amanda hocha la tête.

— Il m'a accusée d'être distraite. Et il avait raison.

— Et après ? Cela arrive à tout le monde, non ?

— Pas à moi ! Bon sang, Lila, tu ne vois pas ce qui se passe ? Je n'arrive plus à me concentrer, ni sur mon job que j'adore, ni sur la recherche des émeraudes qui me fascine, depuis que…

— … depuis que Zorro a débarqué chez nous, avec ses bottes et son grand lasso !

— Oh, tu n'es pas drôle !

— Eh bien, moi, je trouve cela hilarant ! Enfin, te voilà comme tout le monde : un brin dans la lune à ton travail et en retard à tes rendez-vous ! Tu ne te sens pas beaucoup mieux ainsi ?

— Absolument pas ! affirma Amanda. Sloan me fait perdre les pédales. Lorsque je me vois dans un an, directrice de l'hôtel des Tours, il est aussi dans le décor… Oh, Lila ! Et s'il n'était qu'une étoile filante ? Rien qu'un flirt génial, qui s'évanouira comme un mirage après avoir flanqué ma vie en l'air ? Dans quelques semaines, il sera sur le chemin de l'Oklahoma… et moi, je me morfondrai ici !

— Et s'il te demande de partir avec lui ?

Les sourcils froncés et l'air plus sombre que jamais, Amanda se leva et arpenta la pièce.

— Ce serait encore pire ! grommela-t-elle. Je devrais alors oublier dix ans de travail acharné pour arriver enfin au sommet de l'échelle, tout abandonner parce qu'il me crie : « En selle, Calhoun ! »

— Tu le ferais, oui ou non ?

Amanda s'arrêta net devant la fenêtre.

— Oui, soupira-t-elle. J'ai bien peur que oui.

— Va lui parler, suggéra Lila en s'efforçant de ne pas sourire.

— Non. Ce n'est pas à moi de le faire. Et, de toute façon, nous n'avons jamais évoqué le futur.

Très agitée, Amanda se tourna vers sa sœur.

— Tu ne crois pas que je suis devenue folle ? Je suis prête à tout laisser tomber pour un homme que j'ai rencontré il y a quinze jours à peine !

— Tu as toujours été la plus raisonnable de la famille, rappela Lila en se levant. Au moment de prendre ta décision, je suis persuadée que ton bon sens habituel ne te fera pas défaut.

— Que le ciel t'entende ! murmura Amanda.

Elle se redressa, soulagée de s'être confiée à sa sœur et réconfortée par les paroles de celle-ci.

— Je retourne dans la bibliothèque. La chasse aux émeraudes m'obligera à me concentrer sur autre chose.

— Tu me fais penser à une locomotive, Amanda. Trois minutes d'arrêt en gare, et tu es déjà remise sur des rails, observa Lila.

Dès qu'elle fut sortie de la pièce, Lila prit le chiot dans ses bras et se dirigea vers la cuisine.

— Viens, Fred. On va voir si on ne peut pas lui faire faire une petite erreur d'aiguillage...

Sloan ouvrit la porte de la bibliothèque, un panier d'osier sous le bras et une phrase de Lila en tête : « Fais-la dérailler, Sloan. Il faut absolument que tu l'empêches de penser logiquement ! » S'il n'avait pas très bien compris pourquoi elle lui avait suggéré ce pique-nique impromptu, l'idée l'avait séduit.

Tout comme la vision d'Amanda, en jean et T-shirt moulant, perchée sur un tabouret et le nez sur des pages jaunies, le séduisait. Elle n'était plus la superwoman en tailleur de combat et maquillage-camouflage, mais une adorable jeune femme au cœur de midinette qui tentait de déchiffrer une énigme du passé.

— Hé, Calhoun ! C'est l'heure de la récré !

— Hein ?

Elle se tourna vers lui en clignant des yeux.

— Oh, Sloan ! Tu m'as fait peur... J'étais en 1929.

— La période noire de la prohibition... Eh bien, reviens vite aux temps modernes ! Regarde ce que je t'apporte !

Il brandit la bouteille qu'il venait de tirer de son panier.

— Du champagne ! Mais... que fêtons-nous ?

— La fin de la journée, tout simplement. J'ai travaillé comme une bête, aujourd'hui, et je suis sûr que tu en as fait autant. Nous allons nous offrir quelques instants de luxe et de volupté, conclut gaiement Sloan.

Il posa le panier et la bouteille, et regarda Amanda, l'œil brillant. Celle-ci n'avait pas besoin de ses lunettes pour déchiffrer le message. Son grand corps musclé, son air de loup affamé suffisaient à la mettre dans la confusion. Dès qu'elle le voyait, les rouages de son cerveau commençaient à s'enrayer. Exactement ce qu'elle devait éviter à tout prix.

— Je te remercie, mais je n'ai vraiment pas le temps, dit-elle en se levant et en s'étirant légèrement. J'ai promis d'aider tante Coco pour le dîner et…

— J'ai vu Lila. Elle te remplace.

— Lila ? répéta Amanda, les sourcils circonflexes et la bouche en « O ». Tu veux rire ?

— Pas du tout.

Sloan se pencha et retira du panier deux flûtes de cristal qu'il posa sur une étagère. Puis il prit la bouteille, fit sauter le bouchon, versa le liquide pétillant dans les verres.

— Tu es libre pour la soirée, ma belle. Nous allons dîner en tête à tête.

— Oh… Il faut que j'aille me changer, alors.

— Inutile. On dîne ici.

— Ici ? Dans la bibliothèque ?

— Absolument. J'ai du pâté de saumon — une nouvelle recette de ta tante —, du poulet froid, des asperges et une tarte aux fraises.

Il lui mit une flûte entre les mains.

— A nos amours, Calhoun !

Elle sentit ses rotules fléchir brusquement. Elle n'avait pas encore bu une goutte du liquide doré, et pourtant la tête lui tournait déjà.

— Sloan…, commença-t-elle avant d'avaler une gorgée pour se donner du courage. J'ai… à te parler.

— Bien sûr, chérie. Mais mettons-nous à l'aise d'abord.

Hop ! En un tournemain, Sloan tira de son fameux panier — qui semblait receler des trésors — une couverture, qu'il déplia pour l'étendre soigneusement sur le sol. Puis il saisit le bras d'Amanda et l'obligea à s'y asseoir avec lui. Sous le feu de son regard brûlant, elle ne songea même pas à lui résister.

— C'est beaucoup mieux ainsi, murmura-t-il en lui retirant sa flûte de champagne.

Il la prit dans ses bras, puis s'empara de ses lèvres pour un baiser de plus en plus ardent.

— Sloan ! Si… si jamais quelqu'un entre ici…

— J'ai fermé la porte à clé, chuchota-t-il en glissant les mains sous son T-shirt. Et maintenant, tais-toi, mon amour. Je vais te montrer la meilleure façon de se détendre…

La méthode de Sloan avait pleinement réussi : Amanda était si détendue qu'elle se sentait incapable de bouger le petit doigt. Le front moite, la tête sur le torse de Sloan et le corps alangui, elle avala la tartine de saumon qu'il venait de lui donner.

— Un peu de champagne ? proposa-t-il en lui tendant son verre. J'avais prévu de le boire en apéritif, mais… quelqu'un m'a fait changer d'avis !

Amanda ferma les yeux pour mieux savourer l'exquise fraîcheur du liquide pétillant. Il avait le goût excitant du fruit défendu… Repue et satisfaite comme elle ne l'avait jamais été, elle souleva une paupière paresseuse.

— Nous allons être en retard pour la séance de tante Coco.

— Non. Ta tante a décidé que les vibrations de la maison étaient trop perturbées, ce soir. Elle sent une présence hostile et elle préfère repousser la séance à demain. Nous pouvons passer la nuit ici, suggéra Sloan en lui massant doucement les épaules.

Sa proposition ne surprit même pas Amanda. Avec lui, tout était possible.

— C'est mon premier pique-nique nocturne, remarqua-t-elle.

— Une fois mariés, nous en ferons régulièrement.

Amanda se redressa d'un coup et se tourna vers lui.

— Comment cela, mariés ? Qui t'a mis cette idée en tête ?

— Mais enfin, chérie ! Je t'aime, tu m'aimes. Pour quelqu'un d'aussi logique que toi, le mariage est une conclusion normale, non ?

— Pour toi, peut-être. Mais pour moi, ce n'est pas prévu au programme, déclara Amanda d'un ton agressif.

C'était exactement ce qu'elle craignait. Avec lui, c'était « En selle, Calhoun ! Je te passe la bague au doigt ou la corde au cou, au choix ! » Eh bien, non !

— Regarde un peu le spectacle : Amanda Calhoun, à moitié nue sur le plancher de la bibliothèque, en train de boire du champagne dans les bras d'un homme qu'elle ne connaissait même pas il y a deux semaines ! Tu crois que c'est moi ?

Le regard de Sloan glissa lentement le long du corps de la jeune femme, revint à son visage.

— Je crois bien que oui.

Suprêmement agacée, elle se leva d'un bond.

— Je ne sais plus qui je suis, déclara-t-elle en enfilant son jean. Et c'est ta faute ! Ma vie s'est transformée en chaos depuis que tu m'as heurtée sur le trottoir !

— C'est toi qui m'as heurté.

— Je rêve au lieu de travailler. Je reste dans tes bras au lieu d'aller à mes rendez-vous. Je fais l'amour dans la bibliothèque au lieu de classer des documents. Il faut que cela cesse ! affirma Amanda tandis que sa tête émergeait de son T-shirt.

— J'aurais dû te casser cette bouteille de

champagne sur le crâne, au lieu de te la faire boire ! grommela Sloan. Assieds-toi et discutons.

— Non ! Tu vas recommencer à m'embrasser, et je ne serai plus capable de la moindre pensée logique ! Et je refuse que tu planifies ma vie sans même avoir la politesse de me consulter ! C'est moi qui mène ma barque, compris ? Moi toute seule !

Sloan se leva à son tour, tout nu et fou furieux.

— Tu m'en veux parce que j'ai eu le toupet de te demander en mariage, c'est bien cela ?

— Primo, tu ne m'as rien demandé. Secundo, tu es le type le plus bassement macho que je connaisse ! A croire qu'on t'a élevé dans une caverne avec les hommes de Cro-Magnon !

Sur ce, Amanda secoua sa crinière, jeta à Sloan un regard aussi meurtrier qu'une rafale de mitraillette, et sortit de la pièce.

10

Si Amanda n'avait pas claqué la porte, c'était uniquement pour ne pas réveiller Jenny et Alexandre. Elle marcha vers sa chambre en marmonnant des mots sans suite. Elle bouillait de colère, écumait de rage. Pourtant, la raison de toute cette noire furie n'était pas très claire dans son esprit. Elle en voulait à la fois à Sloan d'avoir assuré qu'elle lui dirait « oui », et à elle-même parce qu'elle avait eu justement très envie de le lui dire.

Oh ! bien sûr, le mot mariage ne figurait pas sur ses listes de priorités ! Mais l'imprévu ne l'avait jamais dérangée. Après tout, son métier ne consistait-il pas à gérer des imprévus ? Et elle y réussissait parfaitement, nom d'un petit bonhomme ! Il n'empêche ! Si ce Tarzan échappé de sa jungle d'Oklahoma City pensait qu'elle allait lui sauter dans les bras dès qu'il claquait des doigts, c'est qu'il ne connaissait pas la vraie Amanda !

« Lorsque nous serons mariés », avait-il dit tranquillement. Sans même penser à ajouter un petit « si tu le veux bien » en bout de phrase. Que s'imaginait-il ? Qu'il allait lui passer une liane autour du cou avant de la renverser sur le sol de sa cahute en bambou ? Amanda en tremblait de fureur contenue. Et le pire, c'est qu'en dépit de ce comportement primitif, elle était folle de lui !

Elle s'arrêta devant sa chambre. La main sur la poignée, elle hésita. Que faire ? Aller se jeter dans ses bras et lui dire « Oui ! » en riant ? Ou bien lui tenir la dragée haute ? En vérité, elle avait un faible pour la seconde solution. Pourquoi lui faciliter les choses ? S'il voulait vraiment l'épouser, il n'avait qu'à s'appliquer un peu plus !

Sa décision prise, elle ouvrit la porte, chercha l'interrupteur.

Une main lui saisit le poignet, une autre la bâillonna. Aussitôt, elle tenta sa meilleure prise d'aïkido, mais son adversaire avait dû prendre des cours avec Bruce Lee... Il l'immobilisa illico et la tint fermement contre lui.

— Vous n'avez pas intérêt à crier, lui souffla son agresseur. Sinon...

Il pressa sur sa tempe le canon froid d'un pistolet, puis se raidit et jura tout bas en entendant la voix de Sloan, dans le couloir :

— J'ai deux mots à te dire, Calhoun ! Tu n'en as pas fini avec moi !

— Ne bougez pas ou je le tue, compris ? murmura l'homme en se plaquant contre le mur avec Amanda.

« Inutile de le répéter ! » songea-t-elle en fermant

les yeux et en faisant une prière. Quand Sloan ouvrit tout grand la porte, il resta sur le seuil, surpris par le silence et l'obscurité, puis poussa un juron sonore. Derrière la porte, Amanda retint sa respiration. Lorsqu'il fit enfin demi-tour, qu'elle entendit ses bottes marteler le sol puis s'éloigner, elle poussa un long soupir de soulagement. Pourtant, elle était encore morte d'angoisse. Sloan avait la vie sauve... mais le reverrait-elle jamais ?

— A nous deux, maintenant, chuchota l'homme.

Il desserra légèrement son étreinte, tout en pointant de nouveau son arme vers elle.

— Je veux les émeraudes.

— Je ne sais pas où elles se trouvent.

— Mais vous avez les papiers qui me permettront de les trouver. Allons dans la bibliothèque. Ensuite, nous passerons prendre les perles de votre tante, et quelques bibelots. Et je vous préviens : si vous tentez de me fausser compagnie, je n'hésiterai pas à tirer.

Amanda le crut.

Ils sortirent dans le couloir, et elle le mena jusqu'à la bibliothèque. Sloan avait oublié d'éteindre la lumière. Une odeur de fraises flottait encore dans la pièce et, sur le sol, la bouteille vide et les deux flûtes gisaient sur la couverture.

— Charmant, murmura l'homme en refermant la porte derrière eux. Ma tâche aurait certainement été plus facile si vous aviez tenu votre petite séance de spiritisme comme prévu.

Hébétée, Amanda se tourna pour contempler celui qu'elle avait connu sous le nom de William Livingston.

Entièrement vêtu de noir, les mains gantées de plastique comme un chirurgien, le visage crispé et le regard glacé, il ne lui restait rien de l'urbain et affable dandy qui l'avait invitée à dîner. Même pas sa pointe d'accent britannique!

Il détacha son sac à dos de cuir souple et le lui lança.

— Les documents, vite! ordonna-t-il.

Amanda obtempéra d'une main tremblante de rage. Non seulement il les avait dupés avec ignominie, mais il leur volait leurs archives familiales! A l'idée de voir l'histoire des Calhoun disparaître ainsi dans le sac d'un vulgaire monte-en-l'air, elle se révolta.

— Cela ne vous servira à rien, gronda-t-elle.

— Allons, ma chère, inutile de bluffer. Je suis un as dans ma profession et je ne laisse jamais rien au hasard. Selon mes informations, c'est vous qui menez les recherches sur les émeraudes. Raison pour laquelle je vous ai fait la cour. S'il n'y avait pas eu ce maudit O'Riley, nous aurions pu avoir du bon temps, vous et moi...

Le regard de Livingston se durcit, sa voix se fit pressante.

— Quoi qu'il en soit, je veux ces émeraudes, vous m'entendez? La légende a probablement doublé leur valeur. Désormais, elles représentent un véritable trésor.

Il semblait très excité. Amanda recula d'un pas et serra le sac sur sa poitrine, comme s'il s'agissait d'un bouclier.

Soudain, un fort courant d'air passa dans la pièce, malgré la porte close, et l'air se refroidit d'un coup. Ils frissonnèrent tous les deux. Livingston regarda autour de lui sans comprendre.

— C'est Bianca, murmura simplement Amanda.

En dépit de l'arme pointée sur elle, elle se sentit totalement rassurée. Jamais cependant elle n'avouerait à tante Coco — si elle la revoyait un jour — que le fantôme de Bianca l'avait protégée !

Elle se tourna vers Livingston. Il était blême.

— Si vous êtes aussi bien renseigné que vous le dites, vous savez qu'elle hante le manoir, je suppose ? Ces papiers ne vous porteront pas bonheur, je vous le garantis !

— Ridicule ! lança-t-il avec un rire forcé.

— Alors, pourquoi semblez-vous terrorisé ?

— Moi ? Voyons, ma chère, je n'ai pas peur, je suis pressé... Finissons-en !

En fait, s'il n'y avait pas eu l'appât du collier, il aurait pris ses jambes à son cou sans demander son reste. En dépit du froid qui régnait désormais dans la pièce, un filet de sueur lui coulait le long du dos. Il avait l'impression très désagréable qu'une tierce personne les observait.

— Prenez ce sac et passez devant moi. Tant pis

pour les perles et les bibelots. Nous allons sortir directement par la terrasse.

C'était le moment, songea Amanda en hésitant. Fallait-il lui lancer le sac et filer ? Non ! Pas question de lui laisser les papiers ! Elle se retourna, l'air paniqué.

— Je n'arrive pas à ouvrir la porte, gémit-elle.

Mais au lieu de s'écarter pour laisser Livingston agir, elle lui lança un bon coup de pied en arrière, ouvrit brusquement la porte et se précipita vers l'aile gauche des Tours. Elle voulait éloigner ce fou armé de sa famille.

Le sac alourdit sa course. Il rebondissait contre elle à chaque marche. Derrière elle, Livingston approchait… Elle pivota au bas de l'escalier, traversa le hall… Une balle siffla à son oreille et vint s'écraser contre le mur.

A présent, Amanda n'avait plus du tout le sentiment d'être protégée. Même Bianca l'avait abandonnée… Elle débula dans le jardin, les poumons en feu. Il faisait chaud et humide. Rien à voir avec le froid qu'ils avaient ressenti dans la bibliothèque.

Soudain, une haute silhouette se découpa dans la clarté de la lune. Sloan ! Sloan qui fonçait droit sur elle, sans arme, aveuglé par la fureur et complètement inconscient du danger qu'il courait…

Avec un cri strident, Amanda fit volte-face et lança le sac sur Livingston. Il l'attrapa à la seconde où il s'apprêtait à tirer avant de s'enfuir. Au même moment, toutes les fenêtres des Tours s'éclairèrent. Des cris, des voix fusèrent dans la nuit.

Amanda courut vers Sloan, qui l'écarta vivement lorsqu'elle voulut se jeter dans ses bras.

— File dans la maison !

— Il est armé ! Laisse-le, je t'en prie !

Il ne l'écoutait déjà plus. Avec une surprenante souplesse, il sauta par-dessus le muret de pierre qui bordait le parc. Elle le suivit sans hésiter. Au moment où elle atterrissait sur le gazon, la voix de Lila résonna à ses oreilles.

— Amanda ? Que se passe-t-il ?

Elle leva la tête et vit le visage pâle et affolé de sa sœur.

— Appelle la police, vite !

Et elle courut derrière Sloan, avec Fred sur ses talons, qui aboyait furieusement.

Soudain, elle entendit Sloan jurer dans la nuit. Une balle siffla dans l'air, des pneus hurlèrent sur l'asphalte. Puis ce fut le silence complet. Son cœur se serra à l'étouffer. Même Fred avait cessé d'aboyer.

Les jambes tremblantes, les mains glacées, elle avança… et se heurta à Sloan qui émergeait d'un bosquet.

— Oh, mon Dieu !

Aussitôt, elle lui parcourut des mains le torse et le visage.

— J'ai cru qu'il t'avait tué ! Tu n'as rien, tu es sûr ?

Sloan était trop furieux d'avoir laissé filer le voleur pour apprécier l'inquiétude d'Amanda.

— Pas la moindre égratignure. Mais cette ordure a réussi à prendre le large dans sa voiture. Je n'ai même pas pu relever le numéro !

Rassurée, elle se campa devant lui, le regard plein de colère.

— Tu es complètement fou ! Je t'avais pourtant prévenu qu'il avait une arme ! Il aurait pu te tuer !

— Et moi, je t'avais dit de rentrer à la maison !

— Je n'ai pas d'ordres à recevoir de toi !

— Ah ! vous voilà, et bien vivants ! s'écria Lila, une lampe de poche à la main. On vous entend vous disputer de la route !

Elle éclaira la pelouse, jonchée de papiers, et demanda :

— Qu'est-ce que c'est ?

— Oh ! Il a dû en laisser tomber pendant que tu le poursuivais, Sloan !

Amanda s'agenouilla aussitôt sur le gazon et se mit à ramasser consciencieusement les feuilles couvertes d'une écriture serrée.

— Excusez-moi, mais je suis un peu dans le flou… Qui poursuiviez-vous ?

— Livingston, grommela Sloan.

Et il accompagna cette révélation d'un flot de jurons.

— Rentrons, déclara Amanda à sa sœur éber-luée. Je vais t'expliquer. Je savais qu'il n'aurait pas tout. Je le savais ! murmura-t-elle en serrant les documents qu'elle avait ramassés contre sa poitrine et en songeant à la protection qu'elle avait ressentie dans la bibliothèque. Elle ne voulait pas qu'il les ait...

— Qui ça ? demanda Lila.

La porte des Tours s'ouvrit juste à ce moment-là, et elle oublia sa question — au grand soulagement d'Amanda. Devant eux, Suzanna, très droite et armée d'un tisonnier, se dressait comme un gladiateur prêt au combat.

— Ah, c'est vous ! Entrez vite ! Vous n'êtes pas blessés, au moins ?

— Non, non...

— Va chercher du brandy, lui murmura Lila.

Ils s'affalèrent sur les sièges du salon.

Quelques minutes plus tard, ils avaient raconté toute l'histoire à la famille réunie et à la police, arrivée sur ces entrefaites.

— Quand je pense que j'ai eu... cet individu... à dîner ! gémit tante Coco après le départ des représentants de l'ordre. Je lui ai même fait un soufflé au chocolat !

— La police va le rattraper et le pendre ! assura Alex, ravi. Peut-être qu'ils le tortureront avant ? ajouta-t-il, les yeux pleins d'espoir.

— Ecoutez ! lança alors Amanda, qui tentait de remettre de l'ordre dans les papiers que Livingston avait laissés tomber. C'est une lettre de Bianca à Christian. Elle n'a jamais dû l'envoyer.

— Oh...

Tout émoustillée, Coco se pencha.

— Lis, chérie.

— « Mon amour, commença Amanda. Je vous écris, car la pluie m'empêche de vous voir aujourd'hui. Je ne cesse d'espérer un rayon de soleil, car je me meurs sans vous… Vous ne savez pas combien vous m'avez transformée, Christian. Ma vie n'aurait été qu'un long désert si je ne vous avais pas rencontré sur la falaise. Je sais que le lien qui nous unit est aussi rare que précieux, que la qualité de notre amour ne se dégradera jamais. Fergus me couvre de bijoux, et pourtant j'ai l'impression qu'il ne me donne rien de lui. Le collier d'émeraudes, son dernier cadeau, luit doucement sur ma coiffeuse… Ces pierres sont magnifiques, paraît-il. Pourtant, je les échangerais volontiers contre une semaine de plus avec vous. Il nous reste si peu de temps, Christian !

» Une chose est sûre : je ne cesserai jamais de vous aimer. Et votre amour vivra encore en moi lorsque mon pauvre cœur aura cessé de battre. Je suis à vous pour l'éternité, Christian. Bianca. »

Amanda replia la lettre dans le silence le plus absolu.

— Comme ils ont dû s'aimer ! murmura Coco avec émotion.

— Pouah ! murmura Alex, à demi endormi sur l'épaule de sa mère.

— Elle a mentionné les émeraudes, souligna Suzanna.

Sloan se leva soudain.

— Je serai ravi de vous aider à trier tous ces documents demain, annonça-t-il. Mais ce soir, vous voudrez bien nous excuser...

Il se tourna vers Amanda et lui saisit le bras pour l'obliger à le suivre.

— Nous étions en pleine discussion lorsque ce crétin nous a interrompus. Viens, Amanda.

Et comme elle se faisait prier, il la prit par la taille, la jeta sur son épaule et s'en fut tranquillement vers l'escalier.

— Dans certains cas, il faut savoir employer la manière forte, déclara-t-il au reste de la famille éberlué.

Il monta les marches en sifflotant, tandis que les pieds d'Amanda battaient désespérément dans l'air et qu'elle lui martelait le torse de ses poings. Une fois dans sa chambre, il la laissa tomber sur le lit, et lui agrippa les épaules pour l'empêcher de se relever.

— Ne bouge pas, compris ? Je veux terminer cette discussion une bonne fois pour toutes !

Interloqué, il vit Amanda se couvrir le visage de ses mains et se mettre à sangloter.

— Amanda, je t'en prie ! Tout mais pas ça ! Je ne supporte pas de te voir pleurer, mon cœur !

Il s'assit près d'elle sur le lit, lui tapota l'épaule, lui caressa les cheveux.

— Je sais que la soirée a été plutôt... difficile.

Ecoute, mon ange, tu peux me frapper, si cela te soulage.

Elle leva la tête, renifla un bon coup, et lui décocha un direct en plein dans la mâchoire, qui l'envoya s'étaler sur l'oreiller. L'œil encore embué de larmes, elle le regarda se redresser péniblement.

— J'avais oublié que tu as tendance à prendre les choses au premier degré…, murmura-t-il en se tâtant le menton avec précaution. Tu as fini de pleurer, au moins ?

— Oui… Je crois. Quand je pense que j'ai failli te retrouver la tête trouée d'une balle…

Du coup, les sanglots de la jeune femme redoublèrent.

— Oh, Amanda ! C'est pour cela que tu pleures ? Parce qu'il aurait pu me tuer ?

Ravi, Sloan lui prit le menton.

— Mais alors, si tu tiens tant à moi, pourquoi diable t'es-tu enfuie lorsque je t'ai demandé de m'épouser ?

— Demandé ? Tu n'as rien demandé du tout ! Tu m'as tout simplement ordonné de le faire !

A présent, la colère avait remplacé les larmes.

— Je ne m'attendais pas à de longues déclarations, bien sûr…, affirma Amanda en se levant. Ni même à ce que tu t'agenouilles, la main sur le cœur, à la lueur des bougies, pendant que joueraient les violons…

— Hein ? Des bougies ? Des violons ? Mais…

Elle s'arrêta devant lui, les mains sur les hanches.

— Bon sang, Sloan, tu n'es quand même pas un barbare ! Tu débarques de ton Ouest natal, tu chamboules toute ma vie, tu me séduis et tu n'es même pas capable de me faire une demande dans les règles de l'art !

— Attends !

Le discours un peu brouillon d'Amanda avait fait tilt dans le cerveau de Sloan. Il se leva à son tour.

— Dois-je comprendre que tu m'en veux parce que j'ai oublié la mise en scène ?

Il vit les joues empourprées d'Amanda, son regard bleu cobalt, et hocha la tête.

— Je reviens dans deux minutes. Ne bouge pas !

Stupéfaite, elle se laissa tomber sur le lit. C'était bien lui ! Au moment précis où elle allait craquer et lui dire qu'elle acceptait de l'épouser, malgré son manque total de romantisme, monsieur s'éclipsait !

Elle sursauta en le voyant bientôt revenir, le magnétophone de Lila sous le bras.

— Que fais-tu ?

— Tais-toi !

Sloan posa l'appareil sur la coiffeuse. Puis il tira de sa poche deux bougies qu'il avait dû chiper dans le salon et les alluma avec soin. Satisfait, il éteignit le plafonnier de la chambre et se tourna vers Amanda.

— Que penses-tu de la mise en scène, cette fois ?

Elle se leva, le toisa.

— Tu cherches à te moquer de moi !

— Je te jure que non ! Amanda, est-ce qu'il faut

vraiment qu'on se dispute toute la nuit ? Ou bien vas-tu me laisser faire ma demande correctement ?

Il semblait à bout de nerfs… et très peu sûr de lui, remarqua Amanda. Elle eut envie de sourire. Lorsqu'il voulait se montrer galant, ce colosse était vraiment attendrissant.

— D'accord. Vas-y, murmura-t-elle, le cœur gonflé de tendresse.

Il pressa un bouton, et le son des violons emplit la pièce. Après quoi, il s'approcha d'Amanda et mit un genou à terre.

— Je t'aime, Amanda, dit-il en lui prenant les mains. J'aime toutes les femmes en toi. Celle qui fait des listes interminables, celle qui plonge tous les matins dans l'eau glacée, celle qui mène sa famille à la baguette, et puis la vamp, formidablement sexy et câline, que j'ai découverte dans mon lit. Je ne veux plus vivre sans toi, chérie.

Doucement, elle l'obligea à se relever.

— Je t'aime aussi, Sloan. Lorsque j'ai lu la lettre de Bianca, ce soir, j'ai compris pour la première fois de ma vie ce qu'elle ressentait. Jamais je ne me serais crue capable d'aimer à ce point.

Avec un grand sourire, il porta la main d'Amanda à ses lèvres.

— Alors… tu veux bien m'épouser ?

Elle éclata de rire et se jeta dans ses bras.

— Oh, Sloan ! J'ai cru que tu ne me le demanderais jamais !

LES FAVORIS

Découvrez vos romans favoris
et vos thématiques préférées
issues de toutes
les collections Harlequin.

À découvrir tous les mois.

VOTRE COLLECTION PRÉFÉRÉE
DIRECTEMENT CHEZ VOUS

Vous souhaitez découvrir nos collections ? Une fois votre 1er colis à prix mini reçu, si vous souhaitez continuer à recevoir nos livres, cela se fera automatiquement. Vous n'avez aucune obligation d'achat et cette offre est sans engagement de durée !

Dans votre 1er colis, 2 livres au prix d'un seul
+ en cadeau le 1er tome de la saga *La couronne de Santina*.
8 tomes sont à collectionner !

☞ **COCHEZ** la collection choisie et renvoyez cette page au
Service Lectrices Harlequin – CS 20008 – 59718 Lille Cedex 9 – France

Collections	Prix 1er colis	Réf.	Prix abonnement (frais de port compris)
❑ AZUR	4,75€	AZ1406	6 livres par mois 31,49€
❑ BLANCHE	7,40€	BL1603	3 livres par mois 25,15€
❑ PASSIONS	7,90€	PS0903	3 livres par mois 26,79€
❑ BLACK ROSE	8,00€	BR0013	3 livres par mois 27,09€
❑ HARMONY*	5,99€	HA0513	3 livres par mois 20,76€
❑ LES HISTORIQUES	7,40€	LH2202	2 livres tous les deux mois 17,69€
❑ SAGAS*	8,10€	SG2303	3 livres tous les 2 mois, 29,46€
❑ VICTORIA	7,90€	VI2115	5 livres tous les 2 mois 42,59€
❑ GENTLEMEN*	7,50€	GT2022	2 livres tous les 2 mois 17,95€
❑ NORA ROBERTS*	7,90€	NR2402	2 livres tous les 2 mois prix variable**
❑ HORS-SÉRIE*	7,80€	HS2812	2 livres tous les 2 mois 18,65€

*livres réédités / **entre 18,75€ et 18,95€ suivant le prix des livres

F23PDFM

N° d'abonnée Harlequin (si vous en avez un) ⎵⎵⎵⎵⎵⎵⎵

Mme ❑ Mlle ❑ Nom : _____

Prénom : _____ Adresse : _____

Code Postal : ⎵⎵⎵⎵⎵ Ville : _____

Pays : _____ Tél. : ⎵⎵⎵⎵⎵⎵⎵⎵⎵⎵

E-mail : _____

Date de naissance : _____

Date limite : 31 décembre 2023. Vous recevrez votre colis environ 20 jours après réception de ce bon. Offre soumise à acceptation et réservée aux personnes majeures, résidant en France métropolitaine, dans la limite des stocks disponibles. Prix susceptibles de modification en cours d'année. Vous pouvez demander à accéder à vos données personnelles, à les rectifier ou à les effacer. Il vous suffit de nous écrire en nous indiquant vos nom, prénom et adresse à : Service Lectrices Harlequin CS 20008 59718 LILLE Cedex 9. Service Lectrices disponible du lundi au vendredi de 9h à 17h : 01 45 82 47 47.